Chara

美しき標的

愁堂れな

キャラ文庫

この作品はフィクションです。
実在の人物・団体・事件などにはいっさい関係ありません。

目次

口絵・本文イラスト／小山田あみ

1

「R国のヴァルタル・レベルト大臣……来日は二度目でしたか」

　確か昨年秋が初来日であり、その際には警護要請もあったはずだ、と記憶を辿《たど》る高光卿《たかみつけい》に対し、彼の上司である警視庁警備部警護課長、宝井《たからい》征博《まさひろ》は感心したように目を見開いた。

「さすがの記憶力だ。次代の警護課を担うと言われるのも当然だな」

「誉《ほ》めすぎです、課長」

「なら父親譲りと言い直そうか」

　宝井が笑ってそう告げる。言われ慣れた言葉ではあるが、毎度、どう返していいか困る、と卿は曖昧《あいまい》に微笑《ほほえ》み俯《うつむ》いた。

　父、高光統《おさむ》の偉大さは万人の認めるところであるし、卿自身も尊敬の念を抱いている。とはいえ、誉め言葉に『父親譲り』と言われた場合『それほどでもない』という返しは、父が優秀であると認めていることが前提となってしまう。

実際、優秀ではあるのだが、身内を『優秀』と公言するのはどうなのだと、それを気にしたのだが、このように卿は細かいことを気にする傾向があった。

二十九歳の彼は、トップの成績で警察学校を卒業後、一年間の刑事課勤務を経て警備部への推薦を受け、警備部警護課配属となった。事前の研修での成績もトップ、しかも群を抜いたトップで、さすが血は争えないと教官たちに感嘆の声を上げさせた。

というのも卿の父親はかつて、その能力の高さゆえ『伝説』とまで言われたSPだったのである。十年前に警察を辞め、請われて政界に進出、現在は代議士として、傑物の名を恣《ほしいまま》にしている。

優秀すぎる父親の子女は概して、幼い頃より父と比較されることに耐えられず、潰《つぶ》れていくパターンが多いと世間では言われており、実際、偉大な父を持つ子供たちはその親に遠く及ばない人生を歩みがちである。

しかしながら卿は違った。父と同じ道を歩み、かつ、父と同じ優秀さを備えている。そういった場合、『父に似た』と偉大な父の名を引き合いに出され、それを『優秀な』子息たちは不快に感じるものだが、卿の場合は彼自身も父親を尊敬しているため、『あの父の子供なのだから優秀で当たり前』と陰で言われることに対しても、なんら気にすることはなかった。

正面切って言われた場合に、困惑するくらいである。そういう意味では実に素直に卿は成長したといえた。

彼の上司である宝井警護課長はかつて、卿の父の部下であり、そのこともあって卿には特に目をかけてくれていた。まだ若い彼が、警護課長の任についている宝井からよく声をかけられ、こうして部屋に呼び出されるという特別扱いを受けるのもそれゆえである。

「レベルト大臣の来日目的は？　新資源関係ですか？」

「ああ、そうだ。外務大臣と経産大臣との面談予定が組まれている。R国の新資源は日本にとっても魅力的だからな。政府も気を遣っているよ」

「かつては極貧だったR国との外交もこの十年で変わったものですね」

「それは言わぬが花だな」

宝井は苦笑すると「申し訳ありません」と頭を下げた卿に向かい、気にするな、と首を横に振った。

「警護対象は大臣のみだ。自国の警護係が二名、秘書が一名同行している。詳しい資料は石堂《いしどう》リーダーに渡してあるのであとでもらってくれ」

「わかりました」

一礼しつつ卿は、課長がなぜわざわざ自分を呼び出したのかと、密《ひそ》かに首を傾《かし》げていたのだが、その答えは顔を上げたと同時に判明することとなった。

「レベルト大臣なんだが……実はゲイだそうだ」

「……はあ……」

なるほど、ソッチか、と即座に納得した卿に、宝井は少々言いづらそうにしながらも、卿を見つめつつ言葉を続けた。

「滞在地ではトラブルも多発している。各国とも政府が箝口令《かんこうれい》を敷いているから、詳細は漏れてきてはいないが。相当な面食いで、特に東洋系の綺麗《きれい》な男には目がないという噂《うわさ》だ」

「そうですか」

頷《うなず》いた卿の顔から宝井は目を逸《そ》らすと、ますます言いづらそうにしつつも、この場に卿を呼んだ目的を伝えた。

「君はまさに、大臣の好みと思われる。もし、警護以外のことを命じられるようなことがあれば、いつものように……」

「はい。そう致します」

みなまで言わせず、卿は課長に対し、頭を下げた。

「……まあ、言わずもがなだったな」

宝井はコホンと咳《せき》払いをし、目線を卿へと戻した。卿もまた宝井を見返す。

「ともあれ、明日からの警護、よろしく頼む」

「は」

宝井が卿の肩を叩《たた》き、卿が彼に再び一礼する。

宝井をして『言わずもがな』と言わしめたのは、卿が警護対象者からそうした目で見られることが一度や二度ではないからだった。まさに彼は『東洋系の綺麗な男』に違いなく、しかもその美貌《びぼう》は要人の間でも話題に上るほどだったためである。

陶器のような白い肌に、漆黒の髪の持ち主である。長い睫《まつげ》に縁取られた切れ長の瞳は黒目がちで、涼やかな印象を周囲に与えていた。

すっと通った鼻筋、薄すぎず厚すぎない形のいい唇は、リップクリームなど塗ったこともないのに薄紅色だった。

女性的な容貌ではあるが、女々しい感じは不思議としない。それは彼の目が常に厳しい光を湛《たた》えているためだった。

そうした美貌に加え、身長はSPにしては低めの百七十五センチ、細身であるため、警察の花形であるSPとなったのは父親の縁故なのではないかという噂も立った。が、彼はみるみるうちに生まれ持っての能力と本人の努力で、その評価を覆した。

剣道柔道、それに合気道、すべての段位を合わせると十段以上となる。古武道も齧《かじ》ったことがあるのだが、師範に色目を使われるようになったために稽古《けいこ》に行くのを止めたのだった。

身体能力だけではなく、語学力もまた、卿は突出していた。英語、フランス語、ドイツ語、スペイン語などに堪能で、他の言語も日常会話くらいは軽くこなした。

なぜ、言語や身体能力を鍛えたかというと、幼い頃から卿は、父親のようなSPになりたいと望んでいたからで、日々努力を怠らず精進した結果、今の優秀なSPとしての彼がいるというわけだった。

「戻りました」

執務室に戻ると、卿の所属する班のリーダー、石堂が、卿に報告を促すべく視線を投げて寄《よ》越《こ》した。

「レベルト大臣の警護についてでした。大臣はその……ゲイだとかで」

「ああ、そういうことか」

途端に石堂が納得した顔になる。

「確かに、今回も目をつけられそうだな」

「そうならないよう気をつけます」

これ以上揶揄《やゆ》の言葉は続けさせまいと卿はさりげなさを装いつつもきっぱりと言い切り、石堂に対して頭を下げると、席へと戻った。

「お疲れ様です」

隣に座る後輩の木下佑《きのしたたすく》がこそりと声をかけてくる。

「これ、資料です」

「ありがとう」

卿の分もプリントアウトしてくれたらしい。卿の一つ年下になるこの後輩は、警護課の皆からは『卿のシンパ』とからかわれるほど、卿に心酔していた。

父親はメディアにもよく登場する大病院の院長であり、跡取り息子だったはずが、ＳＰを題材としたテレビドラマにはまったことをきっかけに進路を変え、見事夢を果たした。

今でこそダークスーツも似合うそれらしい外見になってはきたが、配属当初は『チャラい』としかいいようのない茶髪で、耳にはピアス穴まであった。外見だけでなく、中身も随分と『チャラ』かったのを、卿が一から鍛え直したのだった。

「ついこの間までの極貧国が、新資源発掘で今や日本ばかりじゃなく、どの国でも下にも置かぬ持てなしですからね」

先に資料を読んでいたらしい木下が卿に話しかけてくる。

「レベルト大臣、外交担当ってことですが、超イケてる……いや、その、ハリウッドスター並みのハンサムガイです」

昔の言葉遣いが出かけた木下を卿が睨《にら》み、それで木下は慌てて言い直したのだが、彼の言うとおり大臣のプロフィールに掲載されていた写真は金髪碧眼《へきがん》の美男子だった。

「若いな」

「ええ、二十八ですって。我々とそう変わらないですね」

卿の独り言に、木下がすかさず相槌《あいづち》を打ち、説明を始める。

「国王の甥《おい》だということでしたよ。見た目がいいので外交担当になってはいますが権限はほとんど国王から与えられていないとか。お飾り的な存在みたいです」

「お飾りか……とはいえ、我々の警護対象だということにかわりはないからな」

気を抜くな、と釘《くぎ》を刺した卿に木下が「はい」と素直に頷いたあと、小声になって言葉を足す。

「でも、ゲイだなんてどこにも書いてありませんでしたよ」

どうやら先ほどの、石堂と卿の会話を聞いていたようである。常に周囲に対し注意を怠るなという教えはきっちりものにしたらしい、と卿は木下を見やった。

「また卿さんが迫られるんじゃないかと心配です」

実に真面目な顔で木下がそう告げ、ずい、と顔を前に突き出してくる。

「なので僕、ガードします」

「顔、近いし」

ぺし、と木下の額を軽く叩くと卿は、巫山戯《ふざけ》ている場合か、と彼を睨んだ。

「警護の警護なんてあり得ないだろう」

「普通は。でもみすみす卿さんが狙《ねら》われるのがわかっているのに、自分が何もしないというのには抵抗があります」

巫山戯るどころか、真面目な顔で続ける木下は、本気で卿の警護を買って出るつもりのようである。まったく、と卿は再び木下の額をペシ、と叩くと「いて」と声を上げた彼に、呆《あき》れた口調でこう告げた。

「『狙われる』などと、軽々しく言わないように」

馬鹿馬鹿しい、と溜《た》め息《いき》をついた卿の前で、木下が「しかし」と尚《なお》も食い下がる。

「心配無用だ。そんなことになったらいつものように警護を外れる」

「外れる前に迫られたらどうするんです」

「……今まで道場で僕に勝てたためしはあったか?」

しつこい、と卿が木下を睨む。意味のない心配はするな、という卿の意図は今回は正しく木下に伝わったようで、もう言い返してはこなかった。

だが納得はしていないらしく、不満そうな眼差《まなざ》しを向けてくる。それなら、と卿はまたも溜め息を漏らしつつ、嫌みであることがはっきりわかる口調で木下に告げた。

「自分の身も護れないようではSP失格だと思うが、君にとっての僕はそうなのか？」

「と、とんでもありませんっ」

途端に木下が、そんなつもりはなかった、と、あわあわし始める。まったく、相手にしてはいられない、と卿はフォローに走ろうとする木下を完全に無視し、資料を再読し始めた。

レベルト大臣の来日は明日の午後三時。羽田《はねだ》空港に専用機で降り立ち、そのまま日比谷《ひびや》のホテルへと向かう。

明日は特に予定がなく、外務大臣、経産大臣との面談は明後日の午前で、午後から京都《きょうと》観光の予定が組まれていた。

来日の目的は、何度書類を読んでも、これ、と指摘することはできなかった。『表敬』としかいいようのない桜の季節を狙っての来日で、要は観光目的ではとしか卿には思えなかった。

だが実際、来日が観光のためだとしても、レベルト大臣が警護対象である『要人』であることにかわりはない。SPとしての仕事を全うするまでだ、と卿は資料の内容を一言の漏れもなく頭に叩き込もうと熟読し続けたのだった。

その後のミーティングで、石堂から警護の割り振りの通達があった。卿は木下と同じA班で、空港への出迎えからその日の就寝までが担当となっていた。明後日予定されている大臣との面談はB班が担当で、卿らA班はその後、京都に同行することになっている。移動手段が新幹線となっているのを見て卿は、よりにもよって、と密かに溜め息を漏らした。

なぜ車での移動としないのだろう。外務省が一両すべて押さえているが、混雑が予想されるこの時期に、さぞJRも迷惑だったに違いない。R国は政情が安定しているとはいえ、万一テロ行為があった場合には、他の乗客を確実に巻き込むことになるではないか。

それこそ迷惑だ、と同僚たちは口々に不満を告げたが、卿は口を閉ざしていた。

言っても詮《せん》ないことだとわかっていたからという理由もあったが、卿にとってはたとえどのような相手であっても、警護対象者となったからには、私情を挟まず命をかけて任に就く、というポリシーで業務にあたっていたからだった。

人格が破綻《はたん》していようが、自国では戦犯といわれるような人物であろうが、それは関係ない。それが自分の仕事だと思っているがゆえに、卿は不満を口にしないのだが、卿のそんな態度は、同僚たち、特に先輩たちからは『偽善者っぽい』とあまり評判がよろしくなかった。

偽善者であるかはともかく、SPの任務として正しいのは卿のほうだと、皆、わかっているために、表立って反発することはない。だが遠巻きにされがちだということは事実で、ただでさえ自身の能力が高い上に、父親が『伝説』といわれるような人物であることで孤立しがちであるのだから、少し配慮してはどうだと、石堂リーダーから直々に注意を受けたこともあった。

だが遠巻きにされてはいても、さすがに任務となれば誰もそのようなことは引き摺《ず》らないいため、業務上支障はないと、卿は特に気にしていなかった。

卿を慕う木下のほうが余程気にしている様子ではあったが、彼もまた卿本人には何も言ってこなかったので、間に挟まり苦労していることを少し気にしつつもそのまま捨て置いていた。

ミーティング終了後、卿はいつものように真っ直《ま》ぐ《す》帰宅しようとした。自宅が通勤圏内であるのと、代議士である父親が多忙ゆえ家を空けがちであるため、病弱な母を思いやった結果卿は独身寮には入っていなかった。

「卿さん、一緒に帰りましょう」

木下もまた、独身寮に入っていない。彼の場合、裕福な実家が職場近くに3LDKのマンションを購入したためで、そうした意味では木下もまた、同僚から浮いているといえた。

「同じ班になれて嬉《うれ》しいです」

木下は常に、好意をストレートに示してくる。第一印象が『チャラい』ものであったこともあり、卿はあまり本気で彼の言葉を受け止めていなかった。

「明日はともかく、京都に向かう新幹線が問題だな」

資料を見たところ、マスコミ対策はなされていなかった。今をときめく新資源の産出国であるR国の大臣、しかも金髪碧眼の美青年となれば、自然と世間の注目も集めることになろう。もしやそれが狙いかもしれないという考えは、卿だけでなく木下も抱いたようだった。

「野次馬も多そうですよね。噂によるとR国は新資源マネーで自国の観光地化を狙ってるってことですし、下手したら今回の来日は、イケメン大臣を使っての大々的な宣伝なのかもしれませんね」

　苦々しい表情で告げた木下が、

「とはいえ」

　と言葉を続ける。

「たとえそうであっても、警護対象者であることにはかわりない。全身全霊をかけて守らねば……ですよね」

　木下がニッと笑い、卿の目を覗《のぞ》き込んでくる。

「卿さんのポリシーでしょう？」

「僕のというよりは……」

　幼い頃から聞かされていた父のポリシーだ、と卿はつい、答えそうになったが、現職のSP相手に父の話題を出すのはどうかという思いが先に立ち、さりげなく話題を変えた。

「空港にどれだけマスコミが集まっているかが、今後の警護の判断基準にはなるな。増員となる可能性は高そうだが」

「……ですよね」

木下は何かを言いかけたが、結局は何も言わず相槌を打つに留めていた。

彼の抱くもどかしさは、当然卿にも伝わっていた。木下は卿とより打ち解けたいのである。卿は現状に満足しており、彼とより親しくなりたいという希望は特に抱いていなかった。

卿はその美貌から、そして能力の高さから、加えてそのリーダーシップから、特定の年長者、もしくは年下に特に気に入られる傾向があった。

今までにも木下のように、ストレートに好意をぶつけてくる相手はいた。が、卿はそうした相手を遠ざけていた。必要以上にパーソナルスペースに他人を入れることをどうしても躊躇《ためら》ってしまうのだ。その理由は自身にもよくわからなかった。卿は他人との距離の取り方がよくわからないのである。親しくすることで生まれるメリットよりも、卿にとってはデメリットのほうが大きいのだった。

それで彼は自分に対し好意を剝《む》き出しにしてくる相手には距離を置く。結果、相手は拒絶されたと察し、好意を露《あら》わにするのをやめる。もしくは傷つき相手からも距離を置くようになる。

木下に対しても卿は、今までの相手同様、距離を置いて接しているのだが、木下は余程鈍感なのか、はたまたどれだけ拒絶されようが気にしないという強いハートの持ち主なのか、懲りずにぐいぐいと卿に向かってくる。最早それが日常となっているため、卿のほうでも好意をぶつけられることに慣れ、あまり身構えることもなくなった。

「……にしても、今の季節の京都はいいですよね。桜、満開なんじゃないかな」

今もまた、木下はめげることなく笑顔になると、話題の継続を試みてきた。

「言うまでもないが……」

遊びに行くのではない、と卿が注意を促そうとしたとき、不意に前方に一人の男が現れたものだから、卿も、そして木下もはっとし足を止めた。

「レベルト大臣の警護担当のＳＰだな？」

長身の男だった。無精髭《ぶしょうひげ》に乱れた頭髪、かろうじてネクタイはしているものの、ワイシャツの襟元は大きく乱れている。

ダークスーツを着てはいるが、とても真っ当な職業についているような人物には見えない。年齢は三十代前半、目つきが酷《ひど》く悪いところを見ると暴力団関係者か。

しかしここは警視庁の建物内である。堂々と入ってくるとは度胸があるではないかと、一瞬のうちに卿はそれらのことを考えると、庇《かば》おうとでもいうのか自分の前に立とうとする木下の肩を摑《つか》み、動きを制した。

「卿さん」

緊張した面持ちで振り返る木下に、目で『下がれ』と指示を出すと、卿は男に一歩を踏み出し毅然《きぜん》とした態度で問いかけた。

「君は誰だ？　ここで何をしている？」

　夜であってもエントランスには二名の警官が護衛のために立っているはずである。どのようにしてその警官たちの目をごまかしたのだと、そのことも問おうとした卿だったが、次にとった男の行動を見て、彼にしては珍しいことに唖然《あぜん》としたあまり声を失ってしまった。

　なんと男は内ポケットに手を突っ込んだかと思うと、警察手帳を取り出し、卿の前で開いてみせたのである。

「捜査一課の小野島《おのじま》だ。そのバッジ、お前たちはＳＰだろう？　京都と言っていたから、明日来日するレベルト大臣の警護担当かと判断し、声をかけた」

「捜査一課？」

　どうやら木下も男の――小野島のことをヤクザか何かと勘違いしていたらしく、卿の横で戸惑いの声を上げていた。小野島はちらとそのほうを見ると、口元を歪《ゆが》めるようにして笑い、見ろ、というように木下のすぐ前まで開いた手帳を突き出した。

　その間に卿は、普段の自分を取り戻していた。

「小野島巡査部長」

　事情はまったくわからないものの、そして同じ警察組織内の人間であったとしても、警護課の人間が警護対象を明かすわけにはいかない。そのくらい、説明しなくてもわかっていそうな

ものだが、と思いながら卿は、淡々とした口調で話しはじめた。

「我々は警護課所属だが、任務内容については答えかねる。情報提供を求めるのであれば捜査一課長経由、警護課長に申し入れるように。以上だ」

行くぞ、と卿は木下を振り返り、慌てたように頷く彼を従え外に出ようとした。

「待てよ」

そんな彼らの前に小野島が立ちふさがる。

「レベルト大臣は何時に到着する？　ホテルはどこだ？」

「…………」

すでに彼には、マルタイに対する情報がほしいのであれば課長を通せと説明した。二度、同じことを言う必要はないと卿は彼を無視して通り過ぎようとした。

「待てって」

そんな卿の肩を小野島が摑もうと手を伸ばす。

「おい、君」

木下が怒声を上げ、小野島に摑みかかろうとした。が、そのときには卿は己の肩にかかりかけていた小野島の手首をとらえ、高く掲げていた。

「……っ」

相当な痛みを覚えているだろうに、小野島は当然上げると思った悲鳴を堪《こら》え、卿を睨みつけてきた。卿はすぐさま小野島の手を離すと、無駄なことはやめるよう、彼を諭した。

「我々から情報を引き出すことはできないと言ったはずだ」

「……あんた、レベルト大臣が今まで何やってきたか、わかってんのか？」

そのまま立ち去ろうとした卿の背に、小野島の怒りを抑えた声が刺さる。

だが卿は、聞く必要はないとの判断から小野島を振り返ることなく足を進めた。

「あいつは犯罪者だ！　わかってんのか？」

エントランスに向かう卿の背後で、小野島の叫ぶ声が響きわたる。

それを聞きつけ、警備中の制服警官たちが駆けつけてきたのを横目に、卿は木下を従え建物の外に出た。

「なんなんでしょう、あれは」

木下が背後を振り返りつつ、卿の横に並び尋ねてくる。

「捜査一課の刑事って本当なんですかね。どう見てもヤクザでしょう」

外見も、態度も、と続ける木下が尚も背後を振り返る。

「すぐわかるような嘘《うそ》はつかないだろう」

卿はやはり振り返ることなくそう答えると、

「念のため、明日、課長に報告を上げておこう」

と告げたのだが、それは、この話題はこれで終了だ、という合図だった。

「わかりました」

聡《さと》い木下は卿の意図を察したらしく、まだまだ話し足りない様子ではあったものの、そう頷いたあと、改めて卿に対し深く頭を下げた。

「申し訳ありません。僕が不用意に京都の話題などを出したために」

「以後、気をつけるように。まあ、今回はバッジでSPだと見抜かれたんだろうが」

確かに不用意な発言ではあるが、『京都』と言っただけでレベルト大臣と結びつけたわけではあるまい。己の胸に光る『SP』というバッジをちらと見ながら卿はそう言うと足を止め、まだ気にしている様子の木下の肩をぽんと叩いた。

「卿さん……」

「確か捜査一課に知り合いがいると言ってたな。今の男について、聞けるようなら聞いておいてくれ」

「わかりました」

木下の顔がぱっと輝く。挽回《ばんかい》のチャンスを与えること。それが彼を元気づけるのに最も有効であるとわかったがゆえの指示だった。卿のその気遣いは、可愛《かわい》い後輩の心情を慮《おもんぱか》ったというよりは、彼が落ち込んだまま明日の警護にあたるようなことになれば何かと気も削《そ》がれようと、それを心配してのものだった。

　嬉しげな顔になった木下を見て、卿もまた、それでいい、と微笑んだのだが、そのとき彼の脳裏にふと、小野島の怒声が蘇《よみがえ》った。

『あいつは犯罪者だ！　わかってんのか？』

『あいつ』というのは間違いなく、レベルト大臣のことだろう。彼が犯罪者というのはどういうことなのか。自国での犯罪歴のことを言っているのか？　資料にはそれらしい記載がなかったが、だからといって犯罪歴が『ない』ということにはならない。

　しかしたとえあったとしても、なぜそれを捜査一課の小野島が指摘するのか。まったく意味がわからない。

　考えたところで答えの出ないことは、考えるだけ無駄である。卿はきっぱりと自身の思考を打ち切った。卿はそうした思考の切り換えも得意としているのであるが、今回の警護はきっとスムーズにはいくまいという予感までをも払拭《ふっしょく》しきることはできなかった。

2

翌日、卿《けい》は木下《きのした》と共に石堂《いしどう》リーダーに、前夜の出来事を報告した。

「……そうか」

石堂には何か心当たりがあるようだが、それを自分たちに教える気はなさそうだと卿は察した。

「お前たちはA班だったな。羽田《はねだ》空港での警護、よろしく頼む」

「は」

「はい」

卿と木下、二人して頭を下げ、石堂の前から立ち去る。木下が目配せをしたため、彼の用件を察した卿はそのまま二人してリフレッシュコーナーへと向かった。

自動販売機でコーヒーを買い、先に木下に渡してやる。

「払います」

恐縮する木下に卿は、いいよ、と首を横に振ると自分の分のコーヒーを買いつつ、

「それで？」

何かわかったのか、と彼に問うた。昨夜のうちに捜査一課の友人から、小野島《おのじま》巡査部長のことを聞き出しているに違いないと確信していたためである。

「小野島という刑事は捜査一課にいました。名前は『正義の味方』の正義《せいぎ》、年齢は三十歳、階級は巡査部長です。交番からの叩き上げでして、評判はなんというか……微妙です」

「微妙？」

言葉を選んだとしか思えない木下の発言を卿は問い質《ただ》したのだが、返ってきた答えはそれこそ『微妙』なものだった。

「はい。最初に聞いた友人があまりに誉めそやすので、もしや別人かと思い、ツテを辿って小野島巡査部長の上司や同僚、それに後輩のリサーチをとったんです。結果、見事に二つに割れまして」

「評判が割れたと？」

どのように、と眉《まゆ》を顰《ひそ》めた卿の、端整なその眉をますます顰めさせるようなことを木下が言い始める。

「両極端なんです。できる、と誉める人間もいれば、なってないとけなす人間もいる。暴力団

との癒着の噂がある一方で、頼りがいのある先輩だという称賛の声もある。間違いないのは検挙率が高いことです。それにも暴力団との癒着が絡んでいると言う人間はいますが」

『噂話』の信憑性《しんぴょう》について、解明はできまいと判断した卿は、木下の報告にはなんのコメントもせず新たな問いを発した。

「それで？　レベルト大臣とのかかわりは？」

「不明です」

「不明？」

昨夜の今朝では情報が集まらなかった、というわけではないことは、上司から同僚や後輩までの聞き取りをしていたので明白である。

それに『ありません』ではなく『不明』と答えたということは、と卿は問い返したあと、もしや、と己の考えを口にした。

「箝口令でも敷かれていたか？」

「わかりません。が、そんな感じではありました。今の石堂リーダーもそんな感じでしたよね」

木下は頷きつつも「ただ」と首を傾げる。

「かかわりがあるとすれば、半年前の来日時じゃないかと思ったもので、当時、大臣にかかわる事件があったか調べてみたんですが、特にこれといったものはなく……」

「去年、大臣は今回同様、表敬だったな。それこそ紅葉の季節に」

確かにそのとき、目立った事件はなかったように思う。大臣の滞在は三日で、初日は到着のみ、翌日今回と同じく外務大臣と経産大臣との面談後、日光《にっこう》に向かい、その足で帰国したということを、卿は既に調べていた。

同時期に起こった未解決と思われる事件について、卿もまたデータベースに問い合わせてみたが、これといった該当はなかった。頷いた卿に木下が、

「そういったわけで何もわからず……申し訳ありません」

と頭を下げた。

「謝る必要はないよ。短時間のうちによくやってくれた」

木下の肩をぽんと叩くと卿は、冷めてしまったコーヒーを一気に飲み干し、

「行くか」

と声をかけた。

「はい」

木下もまた慌てた様子でコーヒーを飲み干し、卿のあとに続く。

「レベルト大臣本人に聞ければいいんでしょうが」

部署に戻りながら木下が、とても本気とは思えないことを告げる。

「…………」

冗談に相槌を打つほど暇ではない、と、卿はちらと彼を見ただけで返事をしなかったのだが、心の中ではひそかに、不可能ながらもそれが一番の近道に違いないと同意していたのだった。

卿らA班は六名編成で、班長は警護課内でもベテランの宮川《みやがわ》警部だった。レベルト大臣の入国手続は別室で行われるため、その部屋の前で待機となっていたのだが、間もなく大臣が姿を現す頃だというときになり、宮川は卿を目配せで近くに呼んだ。

「はい」

なんだ、と思いつつ宮川に駆け寄り、問いかけると、宮川は卿の耳許《みみもと》に口を寄せ囁《ささや》いてきた。

「昨夜小野島に会ったそうだな。何か聞いたか?」

「いえ、特には」

まさかその話題か、と驚きながらも卿は、短く答えたあと、ふと、宮川の意図が知りたくなり、言わなくてもいい台詞《せりふ》を付け加えた。

「大臣を犯罪者呼ばわりしていましたが」

「……外務省の役人には言うなよ。勿論《もちろん》、大臣本人にも」

言わずもがなだが、と宮川が低く答えたあと、ちらと木下を見やる。

「彼にも伝えろ」

「はい」

当然すぎる指摘に、卿は内心首を傾げつつも頷き、木下のもとへと戻った。

「なんでしょう」

宮川の視線に気付いたらしい木下が、声を潜め問いかけてくる。

「小野島のことは、外務省や大臣本人の前で口にするなだそうだ」

「…………やはり、箝口令なんでしょうね」

ぽつり、と呟《つぶや》いた木下は、卿に顔を見られるとすぐさま表情を引き締めた。

「ひとまず、そのことは忘れて任務に集中します。交替時に捜査一課の友人にまた探りを入れることにします」

「…………」

それでいい。今、大切なのは目の前の任務、即ち要人の警護である。万が一にもそれがおろそかにならぬようにという注意を与えるつもりだったが、無用だったことを卿は、自分のためというより成長著しい木下のために喜んだ。

「到着だそうです」

インカムで会話をしていた加藤《かとう》という班のメンバーの一人が宮川に報告する。

「入国手続といっても形だけだろう。すぐ来るぞ」

宮川が声をかけ、一同、配置についた。ずらりと一列に並びレベルト大臣一行を迎える。間もなくドアが開き、最初に現れた長身の金髪はどうやら警護役のようで、目つきが鋭かった。彼も俳優のようなハンサムだったが、そのあとに続くレベルト大臣は華やかさという点でその上をいっていた。

身長体格とも、警護役の若者のほうがよかったが、均整の取れた身体つきをしているのは大臣のほうだった。圧倒的な美貌、という表現が相応《ふさわ》しい美男である。

傀儡《かいらい》としての大臣だというが、仕事はせずとも確かにこの美貌があれば『観光大使』の役目は充分に果たしているといえるだろう。黄金の髪は蜜でも塗ったかのように艶《つや》やかに輝き、青い瞳は澄んだ湖面を思わせた。

極貧とはいえ王族の一人だからか、顔立ちに品がある。しかし、なんとなく違和感を覚える、と卿は尚も大臣を見据えた。

違和感、という表現は今一つ正しくない。隣を歩く外務省の役人と談笑しているその笑顔は美しくもあるし、凜々《りり》しくもあり、また優しげでもあるのだが、目が笑っていないというのか、なんともひっかかるものがあった。

　この『ひっかかり』の正体はなんだろう、と思いつつも卿は、宮川が大臣に対し敬礼したのに合わせ、彼の背後に二列で並んだ。

「彼らがご滞在中の警護を担当致します。警視庁警備部警護課のＳＰです」

　外務省の役人の紹介に、宮川ら一同が一斉に敬礼する。

「よろしく」

　レベルト大臣は会釈を返したあと、六人並ぶＳＰの顔をざっと見渡した。彼の視線が卿のところでとまる。

「君、名前は？」

　問われた卿は、再び敬礼し名を告げた。

「高光《たかみつ》と申します」

「タカミツ。それはファーストネーム？」

「いえ。名字です」

「名前はなんというの？」

「卿と申します」

「ケイ、いい名だ」

大臣がにっこりと微笑み、卿に頷いてみせる。

「は」

礼を言うのも何かと頭を下げた卿は、仲間の間に動揺が広がるのを肌で感じ、このくらいで終わってくれ、と密かに祈った。

「大臣、お車にご案内します」

動揺しているのはＳＰたちだけではなく、外務省の役人もまた、予定外の大臣の行動にあわあわとしている様子だった。一番役職が上と思われる男がそう声をかけたのに、レベルト大臣は振り返り、

「ああ」

と微笑んだのだが、それで場の緊張は一気に緩んだのだった。

大臣一行を囲みながら卿らＳＰたちは駐車場へと向かい、外務省が用意した黒塗りの車に大臣が乗ったあと、それぞれ前後を走る車に予定どおり乗り込んだ。

大臣の車の助手席には宮川が乗ったのだが、その際既に後部シートに座っていた大臣はウインドウ越しに卿に向かい、残念そうに肩を竦《すく》めてみせた。

卿は木下の運転する車の助手席に乗り、大臣の車の後ろについた。

「やはりマークされましたね」

　ハンドルを握りながら木下が忌々しげな声を出す。

「顔見た瞬間、ヤバいと……あ、すみません、嫌な感じはしたんです。いかにも問題を起こしそうだなと……」

「先入観を持つのはよくないな……とはいえ」

　注意を促しながらも、卿もまた同じような『嫌な感じ』を抱いていただけに、なぜそう思ったのかと、木下に聞いてみることにした。

「品格のありそうな容貌だし、笑顔も明るい。だが、確かに何か違和感はある。なんだろうな？」

「目じゃないですかね。卿さんを見る目はハンターの目、そのものでしたよ」

　木下の答えを卿は、

「そうは感じなかった」

と断《き》って捨てると、じろ、と横目で彼を睨んだ。

「真面目に答えろよ」

「真面目なんですけど……」

　木下は不満そうに口を尖《とが》らせながらも、

「まあ、ハンターはともかく、嫌な目はしているなと感じました、僕は。確かに顔立ちはノーブルですし、ぱっと見、親切そうにも見えますが、裏がありそうだというか……」

と言葉を続けた。

「……そうか……」

自分だけでなく、木下も似たような感想を抱いたということは、やはり、と判断を下しかけた卿の耳に、木下の「でも」というバツの悪そうな声が響く。

「先ほど卿さんも言ってましたが、『先入観』かもしれません。犯罪者の目をしているように見える、というのは、もしかしたら小野島巡査部長の言葉に影響されたせいかも。ゲイというのも前情報で知ってましたし、最初から色眼鏡《めがね》で見ていなかったかと言われると、ちょっと自信、ないですね」

「……まあ……そうだな」

言われたとおり、卿と木下は昨夜、小野島と会ったという体験を共にしていた。となると二人して先入観を持っていたがゆえの見解かもしれないという可能性は捨てきれない。

いずれにせよ、今は警護役に徹するまでだ、と卿は気持ちを切り換え、前方の大臣の車へと目をやった。

「何も問題が起こらないといいですが」

木下が独り言のようにぽつりと呟く。

「なんだか嫌な予感がします」

「その予感が外れることを祈るよ」

自身もまた『嫌な予感』を抱いていただけに、卿はそう告げると、雑談は終わりだとばかりに厳しい目で前の車両を見つめ続けたのだった。


幸いなことにその後は卿や木下の危惧《きぐ》したような『嫌な』出来事は起こらなかった。大臣一行は予定どおり日比谷のホテルに到着し、大臣は疲れたということで食事は客室内でのルームサービスとなった。

卿らＳＰは部屋の外で待機していたのだが、その間大臣は一歩も部屋から出なかった。午後十時、交替時間となり、卿らＡ班は帰路に就くことになった。

「お疲れ様でした」

Ｂ班に見送られ、ホテルを去ろうとした卿に、いつものように木下が「一緒に帰りましょう」と声をかけてくる。

と、そのとき卿の携帯が着信に震えた。

「先に帰ってくれ」

ディスプレイを見て誰からの電話かとと察した卿は、木下にそう言い置くと彼に背を向け応対に出た。

「卿です」

『ああ、今、大丈夫かな？』

電話をかけてきたのは卿の父、統《おさむ》だった。

「はい。任務が終わったところです」

親子の会話とは思えない、畏《かしこ》まった対応をしてしまうのは、卿が父をこの上なく尊敬している、その結果だった。

父のほうはフレンドリーに卿に話しかけてくる。

『私も久々に仕事が早く終わった。どうだ？　たまには飲まないか？』

父からこの手の誘いが来ることは滅多になかった。同じ家に住んでいるとはいえ、顔を合わせることすら滅多にない。

それだけに卿は、父からの飲みの誘いに、一も二もなく乗りたかった。だが、それはできない、と心から残念に思いつつ、電話を握りながら頭を下げ口を開いた。

「行きたいのは山々なのですが、明日、任務がありますので……」

万全の体調で警護にあたるには、これから飲みに行くと寝不足になる恐れがある。父と飲める機会など滅多にないが、今夜は断らざるを得ない。オーバーではなく断腸の思いで誘いを断った卿の耳に、満足そうな父の声が響いた。

『それでいい。SPたるもの、何より任務を優先するのが正しい姿だ』

「ありがとうございます」

父から誉められた嬉しさに、卿の声は思わず弾《はず》んだ。

『ところで誰の警護をしているんだ？　もしや今日来日した、R国のレベルト大臣か？』

「よくご存じですね」

さすがだ、と感心したあまり卿はそう答えてしまったのだが、直後に彼の耳に、やれやれ、といわんばかりの父の溜め息が響いてきた。

『たとえ家族であっても、任務の内容は明かさないというのがSPのルールだろう』

「……っ。申し訳ありません」

確かにそのとおりだった。父に誉められ、有頂天になった挙げ句の失態に、卿は落ち込み、肩を落とした。

『わかればいい』

父はそう告げると、珍しいことに瞬時の逡巡《しゅんじゅん》を見せたあと、卿に問うてきた。

『大臣の様子はどうだ？　何か問題はありそうか？』

「今のところは何も。ただ、気になることはあります」

問われたのだから答えることは問題はあるまい。それにもしやこれはチャンスかも。そう思い答えた卿に、予想どおり父は反応を示した。

『何を気にしている？』

「実は昨夜、捜査一課の刑事に絡まれまして……」

卿はここで、小野島のことを父に告げた。父が警察に顔が利くことを知っていたからであるが、それ以前に父がレベルト大臣の話題に反応したことが気になったのである。

『……そうか』

父は何か言いたげにしていたが、何も言うことはなかった。聞いてみようか、と卿は思ったものの、聞いたところで答えは得られまいと察していたため、再度問いはしなかった。

『また、連絡する』

一言だけ告げ、父は電話を切った。

「…………」

もしや父が電話をかけてきたのは、自分がレベルト大臣の警護にあたることを知っていたからではないかと、卿にはそう思えて仕方がなかった。

一体何を言いたかったのだろう。首を傾げた卿は背後から声をかけられ、はっとして振り返った。

「お父さんですか？　もしやレベルト大臣に関することですか？」

問うてきたのは、帰ったとばかり思っていた木下だった。

「まだいたのか」

電話に聞き耳を立てられていたかと思うと、気分はよくない。それゆえ厳しい声を出した卿に対し、木下は「すみません」と詫《わ》びはしたが、反省はしていなかったようで、すぐに彼の思うところを喋《しゃべ》り始めた。

「やはり、レベルト大臣に関しては、何かありそうですよね」

「…………」

だからこそ、父はわざわざ電話をかけてきたのだろうと卿も思っていたのだが、考えが同じであっても電話を盗み聞かれた不快さは治まることなく、返事もせずやにわに歩き始めた。

「卿さん」

木下が慌てた様子であとを追ってくる。

「すみません、電話、聞いてたこと、怒ってます？　聞こうと思ったわけじゃなく、その、耳に入ってきちゃったっていうか……」

言い訳を始める彼を卿はじろ、と睨んだ。

「一緒だろう」

「申し訳ないです。卿さんのことはなんでも知りたいという男心で」

「馬鹿馬鹿しい」

やはり反省していないとみえる、と卿は木下に対し無視を決め込もうとしたのだが、察したらしい彼にこう切り出されては話を聞かずにはいられなくなった。

「実は捜査一課の友人からメールで情報が入っていまして。前回、レベルト大臣来日時、小野島巡査部長が何を捜査していたかを聞いておいたんですが、大臣とはまったく関連のない殺人事件だったとかで」

「…………」

要領のいい奴だ、と卿は溜め息を漏らしつつ、足を止めた。

「その話をしたくて、待ってたんです」

木下が頭を掻《か》き掻きそう言い、ぺこり、とその頭を下げる。

「申し訳ありませんでした」

「……詳しく教えてもらおう」

許してもらえること前提の謝罪に腹は立ったが、目くじらを立てるのも大人げない。加えて情報も知りたい、と卿は未だ不機嫌であるアピールはしながらも、木下に話の続きを促した。

「はい」

木下がほっとした様子で頭を上げる。その『ほっとした』も演技だろうに、と呆れる卿と並んで歩きながら、彼は友人から得たという当時の状況を話し始めた。

「小野島巡査部長が捜査していたのは、赤坂《あかさか》の高級クラブのボーイの殺害事件だったそうです。ボーイというかその……なんだ」

木下は言いよどんだが、卿が急《せ》かすように顔を見ると、すぐさま説明を再開した。

「その『高級クラブ』は裏で特別な客を集めて、売春めいたことをやっていたそうです。ボーイもいわば男娼役を振られてまして。そのボーイが客に殺されたという事件でした」

「大臣はその店に行ったのか？」

『犯罪者』とまで言っていたところをみると、小野島はその事件の犯人を大臣だと思っているのではないのか、と推察しつつ卿が問うと、木下は、

「いえ」

と首を横に振った。

「犯人は逮捕されています。代議士の秘書でした。言ってはなんですが、有名な代議士でもあ

りませんでしたので、大々的に報道されることはありませんでしたね。新聞報道もされたかどうかというくらいで……」

「代議士の秘書が男娼を殺害したことがニュースにならないというのも、引っかかるな」

報道規制がなされた可能性がある、と卿は木下を見た。木下も同じ考えらしく頷き返している。

「しかし、その件と大臣とのかかわりはやはり見えないな」

その件はその件で怪しくはあるが、と首を傾げる卿に木下が「そうなんですよ」と身を乗り出してくる。

「秘書は代議士を庇った、というシナリオは見えますが、大臣は関係ないですもんね。となると別の事件ってことになるんでしょうが、小野島巡査部長は一体何をもって大臣を『犯罪者』呼ばわりしているんでしょう。まさか、R国でのことを言っているのかな」

「大臣が自国で犯罪を犯していようが、日本の警察が介入できるものでもないから、それは違うような気がするな」

当然すぎることを言いながら卿は、その他の可能性を考えた。

たとえば大臣が麻薬の密輸に関係しているとか。覚醒剤を日本に持ち込み販売しているとなればまあ『犯罪者』ではある。

あとはR国で大臣が何か犯罪を行っていたとして、その犠牲者が日本人だった場合。R国では犯罪自体をうやむやにされ、犠牲者やその家族が泣き寝入りとなっている——とか？

「なんなんでしょうね。気になるのでもう少し、小野島巡査部長近辺を探ってみましょうか」

木下の問いに卿は自分の思考の世界から戻ってきた。

「今は警護に集中するというのがプライオリティの最上位だろう」

卿も気にはなっていた。が、そうした情報で集中力が失われ、警護に支障が出るのでは本末転倒、と木下に注意を促した。

「……ですよね。すみません」

途端に木下がしゅんとなる。やる気満々だったらしい彼への注意はすなわち、自戒の言葉でもあった。移動先の京都での警護は、観光客の多い中、普段以上に神経を使うに違いないのだから、自らの業務に集中しないでどうする。そう自身にも言い聞かせていた卿だったが、頭の片隅にはやはり小野島の『犯罪者』という言葉がしぶとく残り、相変わらず彼の胸に嫌な予感を宿らせていたのだった。

3

翌日、午前中に外務大臣と経産大臣、立て続けに面談を終えたレベルト大臣一行は、一度ホテルに戻り休憩したあと、午後一時の新幹線で京都に向かう予定となっていた。

卿《けい》らA班はホテルでB班と交替したのだが、宮川《みやがわ》がB班の班長、田町《たまち》に、

「何か変わったことがないか」

と聞いた際、卿にとって少し気になることが起こった。

「ああ、概《おおむ》ね……」

田町が言葉を濁し、目を伏せたのである。

「概ね？」

宮川も気になったようで、詳細を問おうとした。そのとき大臣の部屋のドアが開き、警護役と思《おぼ》しき金髪の若者が廊下に出てきた。

「大臣がミスター・タカミツをお呼びです」

真っ直ぐに卿を見つめながらそう告げる若者に、卿は「高光《たかみつ》は私です」と答えてから、どうすべきか、と班長の宮川を見た。

「…………」

宮川は少し迷った素振りをしたが、すぐに自分も同行すると決めたらしく、「来い」と卿に指示をし、先に立ってドアへと向かおうとした。

「ミスター・タカミツ一人で来てほしいとのことです」

そんな宮川の前に立ち、金髪が静かな、だが厳しい声音で告げる。

「ご用件はなんでしょう」

宮川もまた負けていなかった。真っ直ぐに金髪の若者を見据え問い返す。

「大臣から直接お聞きください。ミスター・タカミツ、どうぞ」

若者は宮川の問いを軽く流すと、卿へと視線を移し、来い、というように目配せした。

「話を聞いて参ります」

これ以上、この若者に対し粘ったところでなんの展開も望めない上、新幹線の時間も迫っていた。それで卿は宮川にそう告げると、渋々頷く彼に再度一礼してから、若者のあとに続き客室へと入った。

ロイヤルスイートゆえ、入ったところはソファとテーブルといった応接室風の部屋になっていたが、そこに大臣はいなかった。

「こちらです」

金髪の若者が案内に立ち、メインの寝室へと向かう。嫌な予感しかしない、と内心溜め息をつきつつ卿は彼に続き、寝室に足を踏み入れた。

「やあ、ケイ」

すっかり仕度を調えた大臣はそこにいた。卿に向かい両手を広げ歓待してみせる。

「ご用件はなんでしょう」

卿は少し距離を取り、大臣に声をかけた。

「君と話がしたかったんだ。ああ、写真を撮ってもいい？」

そう言ったかと思うと大臣は、卿がいいとも悪いとも言うより前に、手にしていたスマートフォンを構えた。

「あの」

困ります、と卿が言おうとしたときにはカシャ、というシャッター音が響いていた。きっと今、物凄《ものすご》く嫌な顔をしているところを撮られた、と苦々しく思いながら卿は、

「そろそろ新幹線のお時間です」

と一礼し、大臣を外へと促そうとした。

「ケイ、携帯は持っている？」

大臣は少しも卿の言葉を聞こうとはせず、にこにこ笑いながら問うてきた。

「アドレス交換をしよう。あとでゆっくり話したいから」

「……大臣、お時間ですので」

ああ、来たな、と卿は天を仰ぎたくなるのを堪え、冷静さを心がけつつ再び頭を下げた。

「教えてくれないのか。ああ、上司に怒られる？　仕方がないな。それなら僕のを教えておこう」

大臣は苦笑しそう言ったかと思うと、「ジャン」と卿の背後にいる、警護役の若者に声をかけた。

「は」

ジャンという名らしい若者が卿に近づき、二つ折りにした紙片をすっと差し出してくる。

「大臣のメールアドレスです」

「受けとってほしいな。ケイ。そして必ず連絡がほしい。今日は京都だろう？　夜、一緒に過ごしたいんだ」

熱く訴えかけてくる大臣の瞳は潤み、頬《ほお》は紅潮していた。美しい顔だ、と思いはしたものの、男にはまったく興味のない卿が、その顔を魅力的と感じることはなかった。

「受けとっておくれ」

紙片に手を出しかねていると、大臣が近寄ってきてジャンの手から紙片を受け取り、そのままその手を伸ばして卿の手を握った。

手の中に紙片を握り込まされ、参ったな、と思っていたところ、いきなり大臣が卿に顔を近づけ囁いてきた。

「キスしてもいい？」

「申し訳ありません」

駄目に決まっているだろう、と心の中で罵《ののし》りながらも卿は努めて冷静さを保つよう心がけ、厳しい口調でそう言うと、一歩下がって大臣と距離を置こうとした。

「キスしたい。君さえよければ京都行きをやめて、ずっとこの部屋で過ごしていたい。二人きりでね」

「困ります」

尚も甘く囁き、手を握り締めてきた大臣から、更に一歩下がり卿はきっぱり告げると、さりげなく手を引き抜きその場で頭を下げた。

「申し訳ありません。そろそろご出発の時間ですので」

「仕事が優先、か。まあ、仕方がないね。ああ、上司を外で待たせている間にセックスをする

のも気が引けるってことかな？」

大臣が肩を竦めているのを見て卿は、彼は自分が拒絶する可能性を一〇〇パーセントないと考えているらしいと察し、啞然とした。

呆れるにもほどがある。しかし態度に出すわけにはいかないかと神妙な顔をしたまま、

「それでは外でお待ち申し上げます」

と告げ、一礼してから部屋を出た。

「ミスター・タカミツ」

ジャンが卿のあとを追ってくる。

「連絡をお待ちしています」

念を押すようにそう言われ、卿は答えに迷ったものの、

「間もなくご出発のお時間です」

と答えではない言葉を返し、そのまま部屋を出た。

「どうした」

半ば答えを予測している顔で宮川が卿に問いかけてくる。彼の後ろには心配そうな表情をした木下《きのした》もいた。

「それが……」

初めてのことではなかった。だが毎度、切り出しにくい。なぜ自分がこんな目に、と内心辟易《へき》
易《えき》としながら卿は、俯いたまま今の件を報告した。

「大臣にその……迫られました。今晩、一緒に過ごしたいと」

「……やはりな」

やれやれ、といわんばかりに宮川は溜め息を漏らすと、

「田町さん」

と待機していたB班のリーダーに声をかけた。

「わかりました。渡辺《わたなべ》を残らせましょう」

田町もまた、やれやれというように溜め息を漏らしつつも、若手の一人に声をかけた。

「渡辺、頼む」

「はい」

若手といっても卿より年上の彼もまた、仕方がないといった顔で頷く。

「申し訳ありません」

自分のせいで長時間の勤務を強いられることになった先輩に、卿は深く頭を下げた。

「お前が悪いわけじゃないからな」

渡辺が苦笑し、それに合わせたように宮川と田町も苦笑する。

「予感はあったが、大当たりだったな」

「本当に。まさに大臣の好みだからな」

「あの国では実際、ＳＰを差し出したんだろ？」

「日本じゃ無理だ」

それらの会話が交わされる間、卿はこの上ないいたたまれなさを味わったものの、その場を立ち去ることもできず控えていた。

「戻っていいぞ」

ようやく宮川の許可が下り、卿は「失礼します」と一礼すると、他のＳＰたちにも頭を下げ、踵《きびす》を返した。

警護の対象者から色目を使われたことは、卿にとっては初めての体験ではなかった。そうした場合、すぐに警護を外れるようにという指示が下されていた。

卿に限らず、警護対象者から個人的な接触を求められた者、怒りを買った者などは即座に警護から外れ、代理が立てられるルールなのである。

警護から外れた報告をするため、卿はその足で警視庁に向かい、宝井《たからい》課長の部屋のドアを叩いた。

「まあ、予測はしていたが」

やれやれ、というように宝井は溜め息を漏らしはしたが、すぐに、

「君に非はないのだから」

と無理に作ったと思しき笑みを浮かべ頷いた。

「君には別の任務についてもらうことになるだろう。取りあえず、今日はもう帰っていい。お疲れだったな」

「ありがとうございます」

ねぎらいの言葉に対する礼を言うと卿は、ダメモトで、と思いつつ宝井に尋ねてみた。

「レベルト大臣ですが、前回の来日時、何か問題でもありましたか？」

「いや？」

宝井が片方の眉を上げ、何を言いだすのか、という顔になる。やはり喋る気はないのだな、と卿は察し、

「失礼しました」

と再度頭を下げてから宝井の部屋を辞した。

帰宅してもいいとは言われたが、卿はその足で自分のデスクへと戻り、メールのチェックをしたあと、捜査資料のデータベースにアクセスし、半年前に小野島が調べていたという事件を呼び出し読み始めた。

高級クラブのボーイが代議士秘書に殺されたという事件の概要は、木下から聞いたとおりだった。ボーイの遺体が発見されたのはラブホテルで、代議士秘書は自首している。そのクラブは今はもう廃業していた。この事件をきっかけに売春行為が露呈し、閉店となった。店長も逮捕されているが、いくら読み込んでも結局レベルト大臣とのかかわりは見えてこなかった。

やはりこの事件は関係ないのだろうか。首を傾げつつも卿はデータベースを閉じると、そろそろ帰宅するかとパソコンの電源を落とした。

帰り支度をしながら、父に連絡を入れてみようか、と思いつく。が、警護の予定がなくなった事情を説明することを思うと、どうも言いづらい、と断念した。

仕度をすませ、職場をあとにした卿だったが、警視庁を出て駅へと向かおうとしたそのとき、視界に見覚えのある男が過《よ》ぎった。

「小野島巡査部長」

卿とは逆に、外から警視庁に戻ってきた様子の彼もまたしっかり卿を見たはずであるのに、そのまま建物内に入ろうとするその背に卿は声をかけた。

「なんだ」

小野島が振り返り、卿を真っ直ぐに見つめる。

「昨日は失礼した」

会話の途中で帰ったことを詫び、あれはどういう意味だったのかと問おうとした卿の言葉が終わらぬうちに、小野島が問いを発した。

「レベルト大臣は、なぜ京都に行かなかった？」

「なんだって⁉」

予想外のことを言われ、卿は思わず大声を上げてしまった。

「なんだ、知らないのか」

小野島がさも馬鹿にしたようにそう言い、卿を見る。

「そういやまだ名前も聞いてなかったが、警護課の？」

名乗るよう促され、未だ動揺治まらないながらも卿は、手帳を開き示してみせた。

「高光だ」

「高光警部補……ああ、あの『伝説』の息子か」

小野島の顔に冷笑が広がる。

「なるほど。確かにその若さで警部補とは『伝説』だな」

「……父は関係ないだろう」

どう見ても揶揄しているとしか思えない小野島の態度は、卿を苛《いら》つかせた。偉大すぎる父親を持った宿命といおうか、父の名を出されることはよくあったし、比べられることも、批判されることも多かった。

それらの声を跳ね返すには努力しかない、と卿は、できる努力はすべてこなした。昇進試験もその一つであり、多忙な中勉強に励み、一回目の試験で無事昇進を果たしたのだった。

それらのことを一切知らない、それどころか今の今、自分の名前を知ったぐらいの相手に、馬鹿にされたくはない。むっとしたあまり卿は、いつもであれば流すところを言い返してしまった。

「警護対象者の予定も知らないＳＰは、『お飾り』扱いされても当然だと思うが？」

相変わらず冷笑を浮かべたまま、小野島はそう言うと踵を返した。

「待ってくれ」

頭に血は上っていたが、それよりも、と卿は小野島に駆け寄り、腕を摑んだ。

「なんだよ」

面倒くさそうに小野島が振り返り、卿の手を振り払う。

「本当にレベルト大臣は京都行きをやめたのか？」

「どうして担当のお前が知らない？」

小野島が不思議そうな顔になる。彼が嘘をついているようには見えないため、京都行きが中止となったのは本当なのだろう。察した卿は、ここから先は宝井に聞いたほうが話は早い、と思い、礼を言って警護課に戻ろうとした。

「ああ、もしかして」

そんな彼の顔を覗き込むようにし、小野島がにやりと笑う。

「ゲイの大臣に迫られたのか？　それで警護を外れた。どうだ、当たりだろう？」

「それを説明する義務はない！」

治まりかけていた怒りが再燃した。カッとなることなど滅多にないというのに、気付けば卿は小野島を怒鳴りつけてしまっていた。

「当たりだったからって怒るなよ」

小野島が尚も卿の怒りを煽《あお》るようなことを言い、顔を寄せてくる。

「高光警部補は美人だもんな。色魔の大臣に目をつけられるのもわかるってもんだ」

「馬鹿にするなよ」

言い返してから卿は、これが相手の作戦であることにようやく気づいた。

「馬鹿になんてしてないさ」

せせら笑う、その嫌みな態度も計算の内なのだろう。一体自分から何を聞き出そうとしているのか。そちらがそのつもりなら、こちらからも聞くまでだ、と卿は息を吸い込むと、逆襲だとばかりに小野島に問いかけた。

「一体何を探ろうとしている？　半年前、レベルト大臣来日時にあなたが担当していたボーイの殺人事件は既に犯人が逮捕されているはずだ。大臣を犯罪者呼ばわりしていたが、根拠はあるのか？　それ以前にどんな犯罪を行ったというんだ？」

「……昨日から俺の周囲を嗅《か》ぎ回ってる奴がいると思ったが、お前の手先だったのか」

へえ、と目を見開く小野島は未だ卿を馬鹿にした態度を貫いていた。

「答えてもらおう。大臣はなんの罪を犯したというんだ？」

誤魔化《ごまか》されまい。自身に言い聞かせつつ卿は尚も小野島に迫った。

「……どうせ信じてもらえやしないだろうが」

小野島が卿から目を逸らし、ぼそりと言葉を発する。

「殺人だ」

「なんだって？」

実際、小野島の言葉を聞いたときに卿は、信じがたいと感じた。

「誰を殺したと？」

それゆえ問いかける声音も懐疑的になってしまったのだが、その思いは正しく本人に伝わってしまったようだった。

やはり信じる気はないな。小野島の目がそう言っているのがわかる。事実なら信じようじゃないか、とその目を見返した卿に対し、小野島は吐き捨てるようにこう告げた。

「さっきあんたが言ってた事件だよ。ボーイを殺したのは秘書じゃない。レベルト大臣だ」

「そんな馬鹿な」

突拍子もなさすぎる、と反論した卿を見て、小野島は忌々しげに舌打ちすると、

「だから言いたくなかったんだ」

と言い捨て、そのまま建物内に入ろうとした。

「待ってくれ。なぜ大臣が犯人だと思うんだ？　大臣の予定は外務省が管理し、我々警護課の人間が二十四時間、張り付いている。殺人など犯したらすぐにもわかるはずだ」

だがそんな指摘はなかった、と主張しようとした卿を振り返った小野島の目には、わかりやすすぎるほどに軽蔑《けいべつ》の色が現れていた。

「馬鹿か、あんた」

「なっ」

挑発ではなく、心底馬鹿にされていることがわかる小野島の態度を前に、卿の頭にまたも血が上る。だが、その血は続く小野島の言葉を聞いた瞬間、さっと引いていった。

「外務省の役人は大臣の言いなりだ。それを証拠に昨夜だって大臣はお忍びで外出している。

ＳＰの警護なしでな」

「そんな馬鹿な！」

言い返した卿の脳裏に、引き継ぎの際の宮川と田町の会話が蘇る。

『何か変わったことはないか』

『ああ、概ね……』

『概ね』――ひっかかる回答だった。イエスかノーという選択肢しかないはずなのに『概ね』というのはどういう意味か、あのときはわからなかったが、『警護不能』だったとすれば、あの答えも納得できる。

「そんな……」

馬鹿な、と再び呟いた卿は、不意に腕を取られ、はっとして顔を上げた。

「『馬鹿』じゃない証拠を見せてやるよ」

そう告げたかと思うと小野島が卿を引き摺るようにして警視庁とは反対の方向へと歩き始めた。

「証拠？」

戸惑いながらも卿は、あたかも拉致《らち》されているがごとき今の体勢は不本意だ、と小野島の手を振り払おうとした。

「おっと」

察した小野島が早々に卿の手を離す。

「さすがＳＰだな」

苦笑してみせる小野島に、今、少しの隙《すき》もないことに、卿は気づいていた。

「そちらこそ」

『さすが』じゃないのか、と言い返した卿を見て小野島がまた、苦笑する。

「昨夜、人の腕を締め上げておいてよく言うぜ」

「身の危険を感じたもので」

「それこそよく言うよ」

ははは、と笑う小野島の服装は相変わらずヤクザのようではあったし、言葉遣いも礼儀正しいとは言いがたかった。

だが、昨夜感じた胡散《うさん》臭さは、今の彼からは感じられない。木下の報告では、暴力団との癒着の噂があるとのことだったが、それはないな、と確信することができた。

なぜだろう。

答えは小野島の目にある。卿はそう思いながら隣を歩く彼の目を見た。

さえざえとした白目の輝きと黒目のコントラストが美しい。その黒目に宿る光の力強さもまた、卿の注目するところだった。

こうした目の持ち主に、悪人はいない。きっと彼は武道においても、『達人』といわれる域に達していることだろう。

武道の達人にも『悪人』は当然いる。そのくらいの認識は卿にもあった。だが、不思議とこの小野島には、悪人という空気を感じなかった。

では『善人』かとなると、素直に認めるのは憚《はばか》られる。善でも悪でもない。あるがままの姿が彼、ということかもしれない、と卿は小野島の横顔を見つめ続けた。

「俺の顔に何かついてるか?」

卿の視線をうざったく思ったらしい小野島に問いかけられ、卿は「別に」と答えながら、よく見れば『端整』という表現がぴったり来る小野島の横顔から目を逸らした。

「高光警部補……何か言いたいことがあるようだな」

憮然《ぶぜん》とした顔で、小野島が問いかけてくる。

「特にはない。ただ、気になるといえば気になる。大臣は本当に昨夜、SPをつけることなく外出したのか?」

「さっき言っただろう?　したんだよ」

「そうか……」

信じがたい。だが、真実なのだろう。溜め息を漏らした卿を見る小野島の表情が興味深いものに変わっていった。

「意外か？」

「意外だ。ああ、意外だ」

頷いた卿の顔を、小野島は凝視した。

「……SPがつかずに、要人が動き回ることがあり得ると、認めることはSPとしては抵抗がある」

「だろうな」

あっさり頷いた小野島に対し、卿は本当にわかっているのか、と彼の瞳を見返した。

「なんだ？」

「……いや……」

確信はない。だが小野島が主張する『真実』は紛《まご》う方《かた》なき『真実』であろうという確信を、卿は抱きつつあった。

「どこに行くつもりだ？」

タクシーを停《と》めようとしている小野島に卿が問いかけると、小野島は淡々とした口調で答えを口にした。

「昨日、レベルト大臣が訪れた秘密クラブに」

「……秘密クラブ……」

『秘密』という単語に、いかがわしさを感じる。眉を顰めた卿の脳裏にはそのとき、暗に夜の相手をするよう誘ってきた大臣の潤んだ瞳が浮かんでいた。

4

タクシーの中で小野島《おのじま》は口を利かなかった。運転手の耳を気にしているのだろうと察した卿《けい》もまた一言も喋《しゃべ》らず、車内には緊張感溢《あふ》れる沈黙が流れ続けた。

小野島が運転手に指示をした行き先は、六本木《ろっぽんぎ》だった。

「ここでいい」

大通りで車を降りたあと、無言で歩き始める。

「秘密クラブというのはどこにあるんだ？」

後に続きながら卿は、その背に問いかけた。が、小野島は答えることなく、足を速めた。

細い路地を何度も曲がるうちに、地理感がなくなってくる。既に閑静な住宅街に入りつつあるんだが、と卿が周囲を見渡していたそのとき、小野島の足が止まった。

「ここだ」

「え？」

そこはどう見ても、古びた一軒家だった。木造の、そう広くないこの家がまさか『秘密クラブ』なのか、と卿は訝《いぶか》り、小野島を見た。

小野島は卿の視線には気づいているだろうに、少しも頓着することなく、門柱にあるインターホンを押した。

五秒。十秒。やがてインターホンから声が響く。

『……もう、いい加減にしてくださいよ、刑事さん』

「摘発しないだけ、ありがたいと思えよ」

うんざりした男の声に対し、小野島が淡々と返す。

『そりゃそうですが……』

「とにかく入れてくれ」

小野島がそう言うと、インターホン越しに溜《た》め息《いき》が聞こえたあと、プツ、と音声が途切れた。

「あの……」

状況が読めない。会話の様子から、小野島が既にここを捜査済みだということはわかるが、と卿が問いかけようとしたとき、門の向こう、玄関のドアが開き、黒服のような格好をした男が姿を見せた。

不機嫌な表情を隠そうともせず門までやってきた彼が、鍵《かぎ》を開け大きく開く。

「なんなんです？」

招き入れながらも、不本意であることを男は表情で主張していた。

「アキラの話を聞きたい」

対する小野島は感情を顔にも声にも出さず、相変わらず淡々としている。

「もう、散々聞いたじゃないですか」

「あのご面相じゃ、どうせ今日、客はとれないだろう？」

物騒、としかいいようのない会話をかわす二人を、卿は見ていることしかできなかった。

「まあそりゃそうですが……」

「今は控え室か？」

「……ええ、まあ……」

渋々頷《うなず》いた男が、ちらと卿を見やる。

「まさかと思いますがそちらも刑事さん？」

「そうだ」

「綺麗《きれい》な人ですねえ。刑事にしておくには勿体《もったい》ない」

「稼げるか？」

「ええ、一晩七桁《けた》はかたいでしょう」

話題にされていることはわかるが、内容については正しく理解できているか、卿には今一つ自信がなかった。

だが大して重要ではないだろうと判断し、それより、と地下へと向かう階段を降りていく二人に続きながら、一体ここはどういう『秘密』のあるクラブなのかと周囲を窺《うかが》った。

階段は長く、二階分くらいはありそうだった。降りきったところにカウンターがあり、一人の黒服が立っている

カウンターには黒いクロスがかかっていた。と、小野島がすっとカウンターへと近寄ったかと思うと、はっとした様子の黒服が押さえるより前に、クロスを摑《つか》みさっと引き剝《は》いだ。

「刑事さん」

案内の男が咎《とが》めるのを横目に卿はカウンターへと駆け寄った。遮光の布の下は、モニターになっていることがわかったためである。

「……これは……」

モニターは六面あり、画面は小さいながらも鮮明だった。そこに映っているのが人の顔だと——まだ年若い男の顔だとわかった瞬間、卿は思わず声を上げていた。

「アキラ、絶賛営業中じゃないか」

呆《あき》れた口調で小野島がそう言い、じろ、と案内役の男を睨《にら》む。

「本人が出るって言ったんですよ。中に入るだけでギャラが発生するもんでね。この顔じゃ、指名はないと踏んだんでしょう」

男は渋々といった様子でそう言うと、

「どうぞ」

とカウンターの横にある、黒いカーテンの掛かった入口へと向かった。

あの、古ぼけた木造平屋の下が、こんな風になっているとは、と驚きながら卿もまた、男のあとに続いた。

薄暗い通路が奥まで続いている。両サイドは部屋になっており、重い金属製の扉がそれぞれ三つ、並んでいた。

男は一番奥にある扉の前に立つと、ポケットからカードキーを取り出し、カードリーダーに翳《かざ》した。

カチ、とロックが外れる音がしたあと、男がノブを摑みドアを開く。

「アキラ、刑事さんがお前にまた、話を聞きたいんだと」

「えー、また？」

いかにも面倒くさそうな、若い男の声がする。小野島と共にまだ部屋の外にいたため、未だ

『アキラ』の顔は卿には見えていなかった。

「頼んだぞ」

男はそう言うと、小野島を振り返り、どうぞ、というように顎《あご》をしゃくった。

「邪魔するぞ」

男の横をすり抜けるようにし、小野島は部屋に入っていった。卿もあとに続く。

「……っ」

室内の光景が目に入った瞬間、卿は思わず息を呑《の》んだ。というのもどぎつい朱色の壁紙で覆われた壁には、拘束具や鞭《むち》などのSMグッズが所狭しと飾られていたためである。

「さっき、さんざん話したじゃん。まだなんか用?」

不機嫌極まりない声のほうを見やった卿は、またも絶句することになった。二十歳前後と思《おぼ》しき男は綺麗な顔をしていたのだが、唇の端は切れ、薄手のシャツを羽織ったその胸元には痛々しい殴打のあとがあった。

「さっきの話をもう一度聞かせてほしいんだ。彼に」

『彼に』と言いながら小野島が卿へと視線を向ける。

「『彼』?」

訝しげな顔をし、アキラという若者が卿を見る。

「美人だね。誰？　あ、もしかして、昨日のガイジンの被害者？」

じろじろと卿の顔を見ながらアキラが小野島に問いかける。いや、警察だ、と卿が答えるより前に小野島が口を開いた。

「今のところはまだ予備軍だな」

「な……っ」

小野島の答えに卿は思わず非難の声を上げた。が、アキラは、

「なに、予備軍って」

とケラケラ笑うだけで、それ以上、卿の身元を追及しようとはしなかった。

「で？　何を話せって？　ああ、昨夜のことか。昨夜はほんと、酷《ひど》い目に遭ったんだよ」

アキラがベッドに座り、顔を歪《ゆが》める。

「どんな？」

前に立ち、彼を見下ろしながら問いかけた小野島に、アキラは先ほど渋ったとは思えないマシンガントークを披露し始めた。

「昨夜はなんか厳戒態勢でさ、貸切だったと思う。マネージャーからは、これから来る客の言うことは全部聞くようにって指示があってさ、ギャラは特別に百万払うって。俺が指名されたって聞いて、正直ラッキーって思ったけど、とんでもなかった。ほんと、酷い目遭ったよ」

「状況を教えてもらえるか?」

『酷い目』としか言わないアキラに、小野島がここで口を挟む。

「言ったじゃん。部屋に入ってきたと思ったらすぐ、フェラしろって言われてさ。普通は名前聞いたり、どういうプレイしようか、とか、少しは会話あるんだよね。まあ、日本語話せないのかなと思って、言われたとおりフェラしてやったっていうのに、どうも気に入らなかったみたいでいきなり頬《ほお》を張られてさ」

喋りながら腹が立ってきたらしく、アキラの顔が怒りに歪んでいく。

「不意打ちだったから、そのまま床に倒れ込んじゃったんだけど、そしたらあいつ、今度は俺の身体を蹴《け》り始めたんだ。にやにや笑いながらさ。酷くない?」

「酷いな。それで?」

小野島が相槌《あいづち》を打ち、先を促す。

「心がこもってない」

アキラは不満を言ったものの、今度はそのときの恐怖を思い出したらしく、寒々しい表情で続きを話し始めた。

「もう、何がなんだかわからなくて、とにかく怖くてさ。このまま殺されるんじゃないかと思って、それでマネージャーの言いつけに背いて部屋を逃げ出したんだ。怒られるの承知でマネージャーの部屋に駆け込んだら、マネージャー、真っ青になっててさ、なんでも言うこと聞けって言っただろう、と怒鳴られるかと思ったけど、隠れてろって言われて。で、ずっとマネージャーの部屋に隠れてたら、暫《しばら》くしてマネージャー戻ってきて、もう今日は帰っていいって言われたんだ。あのガイジンは？　って聞いたら、もう帰ったって。で、治療費だって、昨日は十万もらった。以上」

話を終えたアキラが、これでいいか、というように小野島を見る。

「相手の特徴は？」

小野島がちらと卿を見たあと、アキラにそう問いかけた。

「金髪のイケメン。偉そうな感じ。あ、態度が偉そうだっていうのと、偉い人っぽかったっていうのと、両方の意味でね」

即答するアキラに小野島が「名前は？」と問う。

「言ってなかったなー。さっきも言ったけど、部屋入るなり『咥《くわ》えろ』だったし。あ、マネージャーは『閣下』って言ってたかも。マネージャーなら名前知ってるんじゃない？」

「わかった。他に何か思い出したか？」

「もう、すっからかんだよ。全部喋った」

アキラはそう言ったあと、ふと思いついたように卿へと視線を向け、切れた唇を歪めるようにして、にゃ、と笑った。

「気をつけてね。予備軍さん。あいつ、加減ってもの知らないよ。絶対、二、三人殺してると思う」

「……………」

信じられない――まずそれが、卿の抱いた感想だった。

一国の大臣が、このようないかがわしいクラブに出入りすることがまず信じられない上に、問答無用で殴る蹴るの暴行を加えるとも考えがたい。

「この男だよな?」

そんな卿の心情を見抜いたかのようなタイミングで、小野島がポケットから写真を出し、アキラに見せる。

「うん。そう」

アキラが見て頷いたその写真は、ホテル前で撮られたと思しきレベルト大臣のものだった。

それでもまだ信じられずにいるのがわかったのか、小野島は一瞬呆れたような表情を浮かべたあと、アキラに視線を戻し「ありがとう」と礼を言った。

「ここ、ヤバいかな。警察に目、つけられたんだったら、余所《よそ》に行かないと」

アキラが媚《こ》びた目で小野島を見つつ、立ち上がる。

「どこでもヤバいさ。お前が十八歳未満ならな」

小野島はそう言い捨てると、卿を振り返り「行こう」とドアのほうに顎をしゃくってみせた。

「もう二十歳だよ、二十歳！　嘘《うそ》じゃないからね！」

騒ぐアキラの声を背に小野島は部屋を出ると、無言で廊下を引き返していった。

「今の話は信用できるんですか」

その背に卿が問いかける。

「次はマネージャーだ」

卿の問いには答えず、小野島はそう言ったかと思うと、エレベーターに乗り込み一階のボタンを押した。

「今の彼の話は信用できるんですか」

エレベーターもあったのかと思いながら卿も乗り込み再度彼に問う。

「少なくともレベルト大臣が昨夜ここに来たことは間違いない。ホテルから尾行していたからな」

「しかし……」

信じがたい。卿がそう言おうとしたときにエレベーターの扉が開き、小野島は先に降りてしまった。慌てて卿も彼のあとを追う。

小野島が向かったのは、受付と幕で仕切ってある、すぐ手前の部屋だった。

「邪魔するぞ」

ノックと共にドアを開き、有無を言わせず室内に踏み込んでいく。

「刑事さん、カンベンしてくださいよ」

中にいたのは、最初応対に出た男だった。

「林、昨夜、来たのはR国のレベルト大臣だよな?」

小野島がドスを利かせた声を出し、マネージャーを問い詰める。

「し、知りませんよ。さっきも言ったでしょう? 私はただ、下川《しもかわ》さんの依頼を受けただけだって……」

青くなりながら説明をしていたマネージャーの襟首を掴み、殴りかねない勢いで小野島が更に問いを重ねる。

「箕輪《みのわ》組の若頭《わかがしら》の下川だよな? なんて依頼だったんだ?」

「何度も言ってるじゃないですか。これから来客を連れていくのでよろしく頼むと言われたんですよ。身分の高い人だから気をつけろ、という指示はありましたが、誰とまでは聞いてませんよ」

喉元《のどもと》を締め上げられ、マネージャーの顔が次第に赤くなっていく。乱暴だな、と卿が眉《まゆ》を顰《ひそ》めたのがわかったのか、小野島がさも馬鹿にしたように横目でちらと卿の顔を見やったあと、更に強い力でマネージャーを締め上げた。

「く、苦しい……っ」

「アキラには『閣下』って言ってたそうじゃないか。大臣閣下と知ってたんだろ？」

「し、知りません。ほんとに聞いちゃいないんです。ただ……っ」

「ただ？」

　ここでようやく小野島が、突き飛ばすようにしてマネージャーの襟元を離した。ゲホゲホと咳《せ》き込む彼に、尚《なお》も問いを発する。

「『ただ』なんなんだ？」

「……『閣下』と言ってたのは下川さんなんです。でも名前は言っちゃいませんでした。ただ下川さんが連れてきた客を見て、同業者から聞いた噂《うわさ》を思い出したんですよ。半年くらい前に、やっぱり下川さんがＳＭクラブに外国人のＶＩＰを連れてきたんだけど、そのときその外国人が無茶したせいで、店の子が一人死んだって。その外国人っていうのがちょうど来日してたどっかの国の若い大臣で、金髪のハンサムだという、その話を思い出しただけで、名前を確認したわけじゃないんです」

「レベルト大臣だ。違うか？」

言いながら小野島が、先ほどアキラに見せたのと同じ写真をマネージャーの鼻先に突きつける。

「に、似てます。でも、断言はできませんし、それに、届けも出しません。そういう約束でしたよね?」

震えながらもマネージャーは、きっぱりそう言い放った。

「約束?」

どんな約束をしたというのだ、と卿が小野島を見る。小野島がやれやれ、というように肩を竦《すく》めてみせるその前で、マネージャーが切々と訴え始めていた。

「まだ設備投資した分の十分の一も回収できちゃいないんです。箕輪組を敵に回すことなんてできるわけがないじゃないですか」

「それに怪我《けが》をした従業員は十七歳だしな」

小野島は吐き捨てるようにしてそう言うと、再度大臣の写真をマネージャーに突きつけた。

「よく似てるんだよな? そっくり、と言っていいほどに」

「……似てます。似てますけど、断言はできません」

あくまでも回答を避けるマネージャーを小野島は睨みつけたが、これ以上は無駄だと察したらしく、写真を引っ込めた。

「邪魔したな」

「……はい」

本当に邪魔だった、と言いたげに頷いたマネージャーは小野島に睨まれ、びくっと身体を震わせていた。

「行くぞ」

小野島はそんな彼を無視し、卿に声をかけたかと思うと、すたすたとドアへと向かっていった。卿は彼のあとに続き、建物の外に出ると、相変わらずの速い歩調で歩き続ける彼と並んで足を進めながら、今聞いた話の整理をしようと小野島に話しかけた。

「半年前、ＳＭクラブの従業員が亡くなったというのは、当時あなたが追っていた六本木の事《ヤ》件《マ》ですね？　あの事件の犯人がレベルト大臣だったというんですか？」

「ああ」

頷く小野島に卿は、すぐには信じられない、と質問を始めた。

「あの事件は犯人が逮捕されたはずです。身代わりだったということですか？」

「そのとおり」

「そんな話は噂にすら聞いたことがありません」

「外務省が揉《も》み消したからな」

淡々と答える小野島に、嘘をついている様子は見られない。だが、やはり信じがたい、と卿が口を閉ざしたそのとき、小野島の足が止まり、彼の視線がまっすぐに卿の顔へと注がれた。

「警護課のトップは知っているんじゃないか？　自分たちの警護対象が日本で殺人を犯したんだ。警護中の出来事ではないという『逃げ』は成立しないだろう」

「我々が逃げていると？」

卑怯者《ひきょう》呼ばわりをされる覚えはない、と声を荒立てた卿を小野島は鼻で笑った。

「失敬な」

「失敬で結構。本当に何も知らないんだなと呆れたよ」

肩を竦め、小野島が再び歩き出す。頭に血が上るのを感じたが、事実は知りたい、と卿は彼のあとを追い、尚も問いかけた。

「今のクラブのマネージャーがお前と約束をしたと言っていた。どんな約束だ？」

いつの間にか『あなた』が『お前』になっていることに、卿自身、気づいていなかった。

「それはな、高光《たかみつ》警部補」

階級が上だからの呼びかけか、という嫌みを込めた返しを小野島にされて初めて卿はそれに気づいたが、怒りが先に立ちフォローする気にはなれなかった。

「公の場で証言はできないっていうことだ。コッチとしては被害届けを出してもらえりゃ、捜査ができる。箕輪組の下川を締め上げることもできるが、奴らが口を閉ざしているかぎりそれもできない」

「暴力団と外務省が繋《つな》がっているというのか？　そんな馬鹿な」

「直接はないさ。間に与党の代議士が入っている」

「半年前、秘書が逮捕された？」

もしや、と思い問いかけた卿に小野島が「そうだ」と頷く。

「なんの証拠もない上、相手はR国の大臣だ。そう簡単に捜査はできない。外濠《そとぼり》を埋めていくしかないが、一つとして埋まらないんだよ。前回も。そして今回も」

最後は吐き捨てるようにして告げられた小野島の言葉に、卿は次第に信憑性《しんぴょう》を見出《みいだ》しつつあった。

しかし、と首を傾《かし》げずにはいられないのは、もしそれが事実だとすれば、終日警護の対象であるはずの大臣の警護がなされていなかったということになる。

昨夜、本当に大臣は警護を振り切り、あの怪しげなクラブを訪れたのだろうか。そのことは石堂《いしどう》リーダーや宝井《たからい》課長の耳に入っているのか。何より彼らはそれを了承したのか。

まずはそれを確かめたい。話はそれからだ、と卿は一人足を止めた。気づいた小野島もまた足を止め、肩越しに卿を振り返る。

「昨夜、大臣にホテルから外出した事実があるか、それを確かめる」

「俺の言うことは信用できないっていうのか」

小野島は明らかに苛立っていた。

「そうじゃない。ただ、警護課の人間としては、そのような事実が認められるようなことにでもなれば大問題だと、そう言っているんだ」

だが卿がそう言うと、また、あからさまに馬鹿にした顔になり、こう吐き捨てたのだった。

「警護課の――SPのプライドが許さないと、そういうことか?」

「プライドというより、責任の問題だ。SPが警護対象者から目を離すなどあってはならないことだからだ」

「あのな」

ここで小野島が呆れ果てたような声を上げ、卿を真っ直ぐに睨んできた。

「SPも警察官だよな?」

「当然だ」

今更何を、と眉を顰めた卿を、小野島が怒鳴りつけた。

「犯罪を憎む気持ちはあるってことだよな?」

「だから当然だと言ってるだろう?」

彼の言いたいことが今一つわからず言い返した卿だったが、続く小野島の発言に、そういうことか、とその意図を察することができたのだった。

「警護対象が犯罪者だった場合は、外務省に言われるがまま、かばい立てするつもりなんじゃないのか」

「馬鹿なことを言うな！」

察したと同時に卿は小野島を怒鳴りつけていた。卿の前で小野島が鼻白んだ顔になる。

「もし本当にマルタイが日本国内で犯罪を犯した場合には、速やかに司法の手に引き渡す。お前は一体SPをなんだと思ってるんだ。言われなくてもそのくらいの倫理観は皆持ち合わせている！　馬鹿にするのはやめてもらおう！」

憤懣《ふんまん》やるかたなし。卿の心境はそれそのものだった。怒りのままに小野島を睨みつけていた彼の前でその小野島がにやりと笑う。

「やっぱりプライドじゃないか。お前にとって一番大切なのはSPとしてのプライドなんだろ？」

「プライドをもって仕事をして何が悪いというんだ！」

「誰も悪いとは言ってない」

小野島の木で鼻を括《くく》るかのような対応に、卿の頭にはますます血が上っていった。

「言っているのと同じだ！」

「そのつもりはないって。ただ、さすが『伝説』の息子だな、とそう思っただけだ」

「なにを⁉」

またも揶揄《やゆ》か、と怒鳴りつけようとした卿の声に被《かぶ》せ、小野島が言葉を続ける。

「父親に心酔してるなと思ったのさ。あんたにとって警護課の存在は絶対的なものであって、不正は勿論《もちろん》、お目こぼしがあるなんてことは、到底信じられないんだろう？　おめでたいことに」

「おめでたいだと？」

馬鹿にするな、と怒鳴りそうになっていた卿の前で、小野島は冷笑といってもいい笑みを浮かべていた。

「ああ、おめでたいよ。あんた、少しは自分の目で状況を見てみたらどうなんだ？」

「見てるさ！」

即答した卿を小野島がますます馬鹿にしたように見る。

「それで見ているのだとしたら、あんたの目は節穴だ」

小野島はそう言い捨てると、言い返そうとした卿の声を厳しい視線で封じ、尚も言葉を続けた。

「見る気になりゃ、外務省の役人に警護課が取り込まれた事実になど、すぐ気づくはずだよ。それに気づかない時点であんたは警護課を盲信《もうしん》してるってことになるだろうが。俺は違う。俺は自分の目で見、自分の頭で考える。捜査一課が外務省に取り込まれようと、大臣が日本で人殺しをしたのが事実なら、絶対に逮捕に持ち込んでやる。相手が誰であっても罪を犯した人間を見逃すことなどできるわけがない！」

堂々とそう言い切ったあと小野島は、ふいと卿から視線を逸《そ》らすとそのまま踵《きびす》を返し、立ち去っていった。

「おいっ」

呼び止める己の声をまるで無視し、立ち去っていく小野島の背中を卿は思わず長いこと目で追ってしまっていた。

所詮《しょせん》はプライドなんだろうと嘲《あざけ》られたことに対する怒りは、既に卿の中になかった。自分でもどうしたことかと思うのだが、今、彼の胸に溢《あふ》れているのは『感動』といってもいい思いだった。

そう、卿は感動していた。小野島の犯罪と向き合う真摯《しんし》な姿勢に、感銘を受けたのである。

ガラの悪い物言いや、着崩した服装などの身だしなみの整っていない外見から受ける印象とは、まるで違う。真の警察官がそこにいた。

彼が暴力団と癒着しているという噂はガセに違いない。罪を犯した人間は誰であろうが見逃すことはできないと断言した、あの言葉こそが彼のポリシーであるとわかるだけに、卿はそう確信していた。

検挙率が高いということだったから、それでそんな陰口を叩《たた》かれたのではないだろうか。それに昨日も今日も単独で行動しているところを見ると、組織から浮いているのではと思えなくもなく、そうした姿勢が皆から疎んじられての結果かもしれない、とも考えられた。

卿の、小野島に対する印象は初対面のときと比べ、百八十度といってもいいほど変わりはしたものの、では本当に彼の言うとおり、レベルト大臣がかつて人殺しをしたのかということになると、自身の抱く常識が小野島の言葉をそのまま信じることの妨げとなってしまっていた。

一国の大臣が、訪問国でそのような行為をするだろうか。まず、あり得ないだろう。彼の常識ではそうだった。もしもなんの前知識もなかったとしたら、そんな馬鹿な、と一笑に付して終わりにするようなネタである。

だが——卿の脳裏に、今話を聞いてきたばかりの、アキラという青年の顔が浮かんだ。

切れた唇。身体に殴打の痕《あと》。紫色の痣《あざ》になっているあの痕は非常に痛々しかった。未だにあんなにも濃い色で残っているとなると、それこそ少しの容赦もなく靴の先で蹴りつけられたということになる。

優しげな微笑《ほほえ》み、ノーブルな雰囲気を持つあの大臣が、本当にそんな酷いことをするだろうか。Ｒ国では王族の一人であるともいう。そんな彼が、暴力を振るうことがまず考えられない上に、ＳＰの警護を振り切り、怪しげなＳＭクラブに出入りするというのもとても信じられない。

何より信じられないのは、ＳＰが大臣の警護を外れた、とされていることだった。そんなことはあり得ないと思うも、気になることはあった。交替の際の、Ｂ班の田町《たまち》班長の態度である。

『ああ、概《おおむ》ね』

通常このような表現はしない。言うに言えない、それがあの『概ね』に現れたのではないか。小野島のことを最初に報告した際の、宝井の態度も気になった。宝井の態度が変だという認識は、自分だけでなく木下《きのした》も同じく抱くものだっただけに気のせいだとは言いがたい。

確かめなければ――。

気づけば小野島の後ろ姿は遠ざかり、もう識別できなくなっていた。

彼の言うように、自分が警護課を盲信しているわけではないことを、卿は今にも証明したいという衝動に駆られていた。

それは勿論、プライドを傷つけられたというようなくだらない理由ではない。思い返すに、小野島には父を引き合いに出され必要以上に貶《おとし》められたと思わなくもないが、それを悔しいという感情は、卿の中には芽生えていなかった。

卿はただ、小野島のように、自分の目で見、自分の頭で考えて動こうとしていたのである。

まずは『事実』を確かめることだ。そのためには、と卿は一人拳《こぶし》を握り、「よし」と小さく呟《つぶや》くと、昨夜の警護状態について確認をするべく、警視庁に戻るための空車のタクシーを求め、大通りを目指したのだった。

5

卿《けい》が警視庁に戻った頃、宝井《たからい》は外出しており、そのまま直帰とのことだった。連絡をとりたいと秘書に頼むも、今日は無理ですとあしらわれてしまい、卿は不満を抱えながら自席へと戻った。

先ほど調べた半年前の事件を再度チェックしようと思ったのだが、室内にB班の若手がいるのに気づき、彼から情報を得ることにしようと近づいていった。

「清水《しみず》君」

「あ、高光《たかみつ》さん」

彼が常に自分に対し、眩《まぶ》しげな視線を向けてくることに、実は卿は気づいていた。尊敬の念を抱いているらしいと、木下《きのした》から聞いたこともある。そんな気持ちを利用するのは気が引けると思いながらも、卿は笑顔で彼に問いかけた。

「さっき聞いたんだけど、レベルト大臣、京都《きょうと》に行かなくなったんだって？」

「そうなんです。出かける直前、急に取りやめになったとのことで」

頬を赤く染めながらもはきはき答えていた清水だったが、卿が、

「何かあったのかな？」

と問いかけると、途端に彼の口が重くなった。

「……ええとその……ちょっと、わかりません」

『わからない』と答えながらも目が泳いでいるところを見ると、彼は『わかって』いるようである。聞き出せそうだなと判断した卿は、声を潜めると、じっと清水の目を見つめ再度問いを発した。

「教えてくれるよね？」

「……あの……」

清水の頬がますます赤くなり、唇がわなわなと震えてくる。あと一押し、と卿は更に声を潜めると、

「君から聞いたとは言わないよ」

と頷いてみせた。

「あの……違うんです」

だが清水の逡巡《しゅんじゅん》は口止めされたからではなかったようで、酷く言いづらそうな素振りをし

つつも、卿が唖然《あぜん》とするような内容を語り始めたのだった。

「レベルト大臣、京都に行く気満々だったんですが、その……京都に同行するSPの中に、高光さんがいらっしゃらないことに気づいて、急に不機嫌になり、『行かない』と言いだしたそうで……」

「……僕、か？」

原因は、と思いもかけない『正解』に戸惑いの声を上げた卿に対し、清水が困った顔になりながらも「ええ、まあ……」と相槌を打つ。

「……そうか……」

まさか、自分が警護から外れたことが原因で京都行きがなくなっていたとは想像すらしていなかった卿は、一瞬言葉を疑ったものの、すぐ、次に聞くべき事項は何かと思いつき、それを問いとして発した。

「それで大臣は？」

「ホテルにいらっしゃいます。ご出発は予定どおり明日の夜ですが、それまではホテルで過ごされるとのことでした。我々は明朝、A班と警護を交替する予定です」

「そうか。ありがとう。助かった」

笑顔を向けると清水は、恥ずかしそうに微笑み頭を下げた。

この様子なら、昨夜の警護のことも聞き出せるかもしれない。おそらく口止めはされているだろうと諦《あきら》めてはいたが、ダメモトでと卿は清水に問うてみることにした。

「大臣だけど、昨夜、外出したというのは本当かい？」

「えっ？」

清水が驚いた顔になる。演技をしているようではなく、彼は本当に知らないらしかった。

「予定変更は今日の京都行きだけだと聞いています。昨夜はホテルにいたはずです」

「そうか、ごめん、勘違いだったようだ」

清水の配置は大臣の部屋から離れていたのではないかと思われる。外出は極秘裏に行われ、おそらく田町《たまち》班長と、他数名にしか知らされていないのだろう。

「いえ……」

聞くだけ無駄かと察した卿は笑顔で今の問いを誤魔化《ごまか》すと、訝しげな顔になった清水の肩を叩いて彼から離れ、自席へと戻った。

A班がB班と交替するのが明朝となると、A班の木下から話を聞けるのはそれ以降となる。メールでもしてみようかと思ったが、業務の妨げになっては申し訳ないと、卿は思いとどまった。

このあと自分にできることはなんだろう。考えた結果卿は、『何もない』という結論を下すしかなくなった。

唯一、できることがあるとすれば、半年前の殺人事件について情報を集めることだ。だが、自分の集められる情報はごくわずかだということもまた、卿の思うところだった。

木下にできることが自分にはできない。その理由もまた、卿は自覚していた。卿には気を許せる同期の友人はいない。その理由も卿にはよくわかっており、偉大すぎる父のせいで自身が遠巻きにされていると察しているためだった。

それでも卿は、できる努力はしたいと思い、捜査一課所属の同期に連絡を取った。

『え？　小野島が担当していた事件？　あれはもう、解決したんだろ？』

『悪いが、役に立てそうにない』

だが一人として、卿に対し、協力的な同期はいなかった。信頼関係を築いている相手は一人もいない。それだけに当然だな、と自嘲《じちょう》した卿だったが、一人の同期が寄越《よこ》した返信には得るものがあると感じた。

『事情はよくわからないが、その件は追及しないほうがいい』

本人は事情を知っているのか、噂レベルなのかは謎だが、この言いぶりだとやはり半年前の事件には裏がありそうだった。経過を調べてみると裁判の進行も通常より早いようである。

ダメモトと思いつつ卿は、そのメールをくれた同期、鈴木《すずき》に、今夜会えないかとメールをしてみた。『追及しないほうがいい』という文面から、九割方断られると思っていたのだが、鈴木から返ってきたのは意外にも了解のメールだった。

『高光が誘ってくれることなんてこの先一生なさそうだからな。わかった。だが、事件についての話題には答えられないぞ』

そんな返信を寄越した鈴木に卿は、それでは会う意味がないのだが、とがっかりはしたものの、それなら結構、と今更断ることも憚《はばか》られ、赤坂見附《あかさかみつけ》駅近くにある居酒屋に七時、と約束をとりつけた。

約束の十分前に店に到着したというのに、鈴木は既に待っており、卿を眩しげに見ながら、

「久し振り」

と声をかけてきた。

「本当に。忙しいんだろう?」

悪かった、と卿は詫び、向かいの席に腰を下ろすと、鈴木が飲んでいるのと同じ生のジョッキを注文した。

「忙しいのは高光もだろう?」

「ああ、まあね」

お互い、近況を話し合うも、警察学校でもそれほど仲が良かったわけではないので話題が途

切れがちになる。

「あの……」

きっと断られるだろうと思いながら、高光は再度、小野島が手がけた半年前の事件について話を振ろうとしたのだが、鈴木にはすぐに悟られ、

「話が違うだろう」

と打ち切られてしまった。

「そうだよな。悪い」

「いや、悪くはないんだけど……」

素直に頭を下げたことで、逆に申し訳なく感じたらしい鈴木が、頭を掻《か》きながら逆に話を振ってくる。

「どうしてまた、調べる気になったんだ？　もしや小野島巡査部長がコンタクトを取ってきたとか？」

「え？」

まさに図星だったため、問い返してしまった卿を見て、鈴木が慌てた様子で喋り出す。

「かかわるのはやめておけよ？　詳しくは言えないが、あれはマズい」

「マズい？　小野島巡査部長とかかわるのがマズいのか？　志の高い警察官に見えたけれど」

「志は、うん、確かに高い。後輩には好かれているよ。面倒見もいいし、おかしいと思ったことはちゃんと上に言えるしな」

俺も嫌いじゃない、と鈴木は告げたあと、

「ただ」

と心持ち声を潜め、話を続けた。

「一緒に仕事をしたいかとなると、ちょっと微妙だ。スタンドプレイが多いんだよ。功を焦っているというわけじゃないんだろうが、組織に馴染《なじ》んでいるかとなると、馴染んでいないとしかいいようがない。普通なら許されるもんじゃないんだが、彼はちょっと特別でな」

「特別？」

どう特別というのか、と首を傾《かし》げた卿だったが、返ってきた鈴木の言葉を聞きなんともいえない思いを抱くこととなった。

「彼の父親も刑事で、殉職しているんだが、在職中は誰に聞いても『名刑事』だったという、いわば『伝説の刑事』の息子なんだ」

『伝説の刑事』——おそろいだ、と思ったのがわかったのか、鈴木は、

「そういやお前も『伝説』の息子だったな」

と今思い出したような口調でそう言い、卿に笑いかけてきた。

「……まあ、そうかな」

　否定するのもなんだが、肯定もしづらい。曖昧《あいまい》な返事をした卿に鈴木が、

「同じ『伝説』の息子でも、優等生のお前と小野島巡査部長はちょっと違うタイプだな」

　と感心した口調で話題を引っ張る。

「父親が殉職したのが小野島さんが高校生のときで、その頃、彼は随分とグレていたそうだ。気持ちはわからなくもないよな。警察官の、しかも名刑事の息子ってことで、周囲からはあれこれ言われただろうし……お前もそうだっただろ？」

　鈴木の問いに卿は、

「どうだったかな」

　と、素でわからず首を傾げた。

「優等生にはわからないか」

　鈴木が苦笑し、話を先に進めようとする。

「『あれこれ』というのがわからないんだ」

　少々むっとしたせいもあり、卿は話をここで止めた。

「わからない時点で優等生ってことだと思うが」

　鈴木が苦笑しつつ、説明をしてくれる。

「要は、警察官の息子なんだからちゃんとしろ、というようなことだよ。子供の頃なら悪戯《いたずら》はするな、だろうし、高校生なら悪さはするな、ということを、他よりうるさく言われただろうなと、そういうことだ」

「…………」

子供の悪戯や高校生の『悪さ』は、親が警察官であろうがなかろうがしないほうがいいに越したことはないのでは。そう思いはしたものの、口にすればまた『それが優等生の発言だ』と揶揄されることがわかっていたので、卿は言わずに話を先に進めてもらうことにした。

「それで？　名刑事の息子だから、特別扱いされているとか、そういうことなのか？」

「特別扱いっていうほどでもない。捜査一課の上のほうだけじゃなく、警視庁の上層部にも、小野島さんの父親に世話になったという人間がたくさんいるからね。普通なら許されない単独行動が許されたり、上司にたてつくような行動をとっても問題にされないで終わったり、ということが時々あるのさ。まあ、それで捜査が混乱したらさすがに処分は下るだろうけど、小野島さんの読みは的確でね、かなりの確率で犯人を逮捕する。実績を積んでいることがまた、口を出せない理由にもなっているんだが、組織の統率を乱す、と、正直あまり評判はよろしくない。そういうことだ」

「……なるほどね」

相槌を打つ卿の脳裏に、小野島の姿が浮かんだ。

『高光警部補……ああ、あの「伝説」の息子か』

嘲るような口調だった。あれは本気で嘲っていたのかもしれない。そう思えて仕方がない。

『父親に心酔してるなと思ったのさ。あんたにとって警護課の存在は絶対的なものであって、不正は勿論、お目こぼしがあるなんてことは、到底信じられないんだろう？　おめでたいことに』

『あんた、少しは自分の目で状況を見てみたらどうなんだ？』

同じ『伝説の父』を持つ彼の目には、自分の姿は親離れしていない情けないものに映っていたのかもしれない。そのことを卿は実感していた。

『俺は違う。俺は自分の目で見、自分の頭で考える』

きっぱりと宣言をして寄越した小野島には『父を越えた』という自負があるのだろう。果たして自分はどうか。

越えられている、とは思えない。それ以前に偉大な父を越えたいという願いを抱いたことすらない気がする。

父のことは尊敬している。父のようなＳＰになりたいと願い、それを実現させようと努力をしてきた。

未だ、自分は父を越えられていないと思うが、果たして自分の最終目標は『父のようなSPになる』ことなんだろうか。

「……君、高光君?」

鈴木の呼びかけに卿は、はっと我に返った。

「どうした? まさかビール一杯で酔ったわけじゃないよな?」

鈴木が呆れたように顔を覗《のぞ》き込んでくる。

「悪い。ぼんやりしてしまった。疲れてるのかも」

「なんだ、てっきり不快にさせたかと思った」

鈴木が安堵《あんど》した様子でそう言い、少し照れたように笑った。

「君を『優等生』と言ったのは揶揄じゃない。本気で尊敬してるんだよ。僕も君や君のお父さんのような、立派な警察官になりたいってさ」

「僕は立派じゃないよ」

父はともかく——心の中でそう呟いてから卿は、やはり自分が父親を『尊敬すべき相手』となんの疑いもなく認識していると改めて思い知らされたのだった。

鈴木とはそれから一時間ほど共に過ごし、帰路についた。一人になると卿は、半年前の事件について父に聞いてみようかと一瞬考え、すぐにその考えを改めた。

警察に顔が利く父であれば、必要とする情報を即座に集めることができるだろう。だが卿の手がポケットの携帯電話に伸びることはなかった。今まで卿は父を頼ったことがない。父を頼れば今までも楽ができたと思われることはよくあった。が、その結果父は自分を軽蔑《けいべつ》するのではと考えると、それだけは避けたいと卿は願い、常に行動に移す前に思いとどまっていたのだった。

卿にとっての父親は、世の中の誰より尊敬できる対象だった。『伝説』のＳＰとして、各国の要人から数多くの称賛の声を集めていた父は、息子である卿にとっては眩しい存在だった。父のようになりたい。幼い頃から卿の将来の夢は一度もぶれることがなかった。その父が政治家になったのは正直意外だったが、そのことが父に対する尊敬の念を曇らせることはなかった。

今回、父を頼るまいと思ったのは、いつものように父に軽蔑されたくないという理由だけではなかった。

父に頼る自分を情けないと、そう思ってしまったのである。少なからず小野島の影響があるなと自覚し、そんな自分になんともいえない思いを抱いた。

「ただいま」

家に戻ると、ある意味卿の予想どおり、父は今日も帰宅できずとのことだった。どこかほっとしていることに苛立《いらだ》ちを覚えていた卿だったが、母に、

「卿さんの帰りは早いんじゃないかとお父さん、言ってましたよ」

当たったわね、と微笑まれ、父には自分の情報が筒抜けになっているのだなと改めて察した。

過保護、と思ったわけではない。常に見張られているというのであればそういった思いもあっただろうが、父の干渉の理由がレベルト大臣にあるのではと推察できたためだった。

やはり、レベルト大臣には何かがある。その『何か』は半年前の殺人事件である可能性が高い。

実際、大臣は殺害を犯しているのかいないのか。どうすれば真実を突き止めることができるだろう。

そのとき卿の脳裏に、小野島の顔が浮かんだ。

明日、改めて彼と連絡を取り、半年前の事件についての詳細を聞こう。捜査資料を見せてもらいたいし、担当した鑑識からも話を聞いてみたい。

果たして小野島が聞く耳を持ってくれるかはわからないが、と卿は漏れる溜め息を堪《こら》えるこ

とができなかった。

彼にとっての自分は、偉大な父の影から逃れることができない、情けない息子という認識のようだ。自分の言うことに耳を傾けてもらえるか、わからないがトライしてみるしかない。

小野島の父について、調べてみようか。ふとそんな考えが卿の頭に浮かんだ。

伝説といわれる名刑事。果たしてどれほどの『名刑事』であったのか。そうして小野島はいかようにしてその父を乗り越えたのか。

是非とも聞いてみたい。一人頷いていた卿だったが、すぐに、何を考えているのだか、と己の思考の飛びように驚き、思わず苦笑した。

今、考えるべきは半年前の事件のことであり、大臣が実際殺人を犯したかどうかという事実の判明に他ならない。それなのに小野島の父を調べるなど何を考えているんだか、と己に呆れてしまっていた卿は、気持ちを切り換え、裁判資料も閲覧を申し込んでみることにしようと、明日やるべきことに対し、あれこれ思いを馳《は》せていたのだが、その頃彼の知らないところで、それらすべてが実現不可能となる出来事が起こっていたのだった。

翌朝、卿の携帯に木下から動揺激しい声で連絡が入った。

『卿さん、大変です』

「どうした？」

常々卿は木下に対し、報告、連絡の際には事実を端的に説明するようにと指導している。『大変』などという前置きはいい、という注意を込めて問い返した卿だったが、返ってきた答えには思わず大きな声を上げてしまった。

『事故……いや、事件です。大臣の部屋に出入りしていたホテルのボーイが瀕死《ひんし》の重傷を負いました』

「なんだって⁉」

どういうことだ、と問おうとした卿の耳に、携帯電話の向こうから、木下の抑えた声が響いてくる。

『昨夜二時頃、ボーイが部屋に呼ばれたんです。ちょうど僕が大臣の客室前で待機しているときだったんですが。それから約一時間後、外務省の役人たちが慌てた様子で客室に入っていったと思ったら、すぐ、一人の人間を運び出したんです。シーツにくるまれているので顔は見えませんでしたが、その後、ボーイが出てこなかったところをみると彼だと思います。気になったもので宮川《みやがわ》さんに聞いてみたんですが、口外するなと言われるばかりで』

「そのボーイは？　無事なのか？」

卿の脳裏にはそのとき、昨日怪しげなクラブで話を聞いたアキラの顔が浮かんでいた。

『気をつけてね。予備軍さん。あいつ、加減ってもの知らないよ。絶対、二、三人殺してると思う』

容赦なく、しかも理由もなしに蹴りを入れてきたという。にやにや笑いながら執拗《しつよう》に蹴り続けたという、その男が本当に大臣だったとしたら――いつしか卿の顔からは血の気が引き、真っ青になっていた。

『救急車のサイレン音は聞こえたので、病院に運ばれたんだろうと思い、任務交代後、こっそり他のボーイに聞いたんですよ。T病院に運ばれているそうです。大臣絡みということは知らない様子でした』

「T病院か。わかった」

答えたときには卿は、T病院に向かうことを決めていた。

『卿さん、僕も行きます』

木下もそう察したようで勢い込んだ様子となる。

「君は一旦職場に戻って情報を集めておいてくれ」

卿が木下にそのような指示を出したのは、二人で動けば目立つと思ったことに加え、どう考えても自分がやろうとしていることを上はよく思わないだろうという判断からだった。

睨まれるのは自分一人で充分である。後輩まで巻き込むことはできないという、ある種の親心は、木下には残念ながら伝わらなかった。

『いや、ご一緒します。それじゃ、T病院で』

一方的にそう言い電話を切った彼に、まったく、と舌打ちしたものの、気が急《せ》いていたこともあり、卿もまたすぐさま家を出た。

タクシーに乗り込んだあと卿は、石堂《いしどう》に、今日は私用で出勤が遅れるという連絡を入れようとした。運良く石堂は不在であり、電話に出た事務員に伝言を残してもらうことになった。

運良く、と思ったが、もしや警護課は大騒ぎになっているのかもしれない、と電話を切ったあと卿はそう思いついた。

大臣がボーイを部屋に呼んだことは、木下をはじめ警護のSPたちには知られている。そのボーイが救急車を呼ぶほどの大怪我をしたという事実もまた、知られていることである。

情報操作、という単語が卿の頭に浮かび、何とも憂鬱《ゆううつ》な気持ちになった。半年前の事件同様、他に加害者が仕立て上げられようとしているのかもしれない。

そんなことを考えていることに気づいたとき卿は、自分が半年前の殺人事件の犯人を、今やはっきりと大臣と想定していることにも同時に気づいたのだった。

果たしてその『想定』は正しいのか。T病院に入院しているというボーイから状況を聞き出したいが、どう考えても既に外務省役人の手が——もしかしたら警視庁の手が——回っていることだろう。門前払いがオチか、と半ば諦めかけていた卿だったが、到着したT病院には思わぬ幸運が待ち受けていた。

「卿さん、こっちです」

職場に戻れという言いつけを破り、先にT病院に到着していた木下が、卿がタクシーから降りるのをめざとく見つけ、駆け寄ってきた。

臆面もなく、と睨んだ卿の腕を木下が取り、歩き始める。

「正面は既に、外務省の役人たちで固められてます。さっき入ろうとしたら止められました。でも通用口から入れますので」

小さな声でそう言いながら、早足で歩き続ける木下の、勝手知ったるという言動に違和感を覚え、卿は彼の背に問いかけた。

「詳しいな？」

「にわかです。T病院に実はその……元カノが勤めてるんです。外科医として」

「……へえ」

そういえば彼は医学部出身だった、と思い出すと同時に卿は、木下がかなりモテるという事実をも思い出していた。

「さっき、ＩＣＵから出て一般病室に移ったそうです。面会謝絶ではあるけど、体調的には充分話せる状態だそうです。彼女に話、つけておきました」

「さすがだな」

元カノだということだったが、恨まれるような別れ方はしていないということだろう。ソツがないことで、と感心した卿に対し、木下はバツの悪そうな顔をしたものの、何か言い返してくることはなかった。

「こっちです」

通用口から入り、従業員用エレベーターに乗り込むと、木下は三階のボタンを押した。

「病室は三階なのか？」

「いや、リネン室です。変装しなきゃいけないので」

「変装？」

卿が眉を顰めたときにエレベーターは三階に到着し、扉が開いた。

「ええ。看護師と医師に変装するんですよ。それで見張りの目を誤魔化します」

「見張りがついているのか」

「ええ」

頷いた木下は「こっちです」と卿を廊下の突き当たりにある小部屋へと導いた。

「ここに洗濯済みの制服があります。僕が看護師をやりますよ。卿さんはそこの白衣を」

「わかった」

言われるがまま、卿は白衣に袖《そで》を通した。

「病室は四階です」

階段で行きましょう、と木下は先に立って非常用の階段へと向かった。この短時間のうちにここまで仕切れるようになるとは、さすがだな、と卿は心の底から感心すると同時に、果たして木下に向いているのはＳＰなのだろうかという思いをも抱いた。

「あの部屋です」

四階に到着すると木下は卿に小声で告げたが、告げられるまでもなく、ダークスーツの男が二名、ドアの前に立っていることで卿にもそこが当該の部屋であることが知れた。

「そろそろ検温の時間だそうですから、怪しまれないでしょう」

木下はそう言うと、先に立って歩き始めた。卿は彼のあとに続く。

「検診です」

部屋の前に立つスーツの男に木下はそう言うと、卿を振り返った。

「先生、お願いします」

「ああ」

答える声が上擦ってしまったことを悔いながら、卿は頷き、木下が開いたドアから室内に足を踏み入れた。

「…………」

部屋に入った途端、目に飛び込んできた痛ましい光景に、卿は声を失った。個室のベッドに横たわっていたのは、若い男だった。顔も身体も包帯に覆われている。

「……窪田《くぼた》君……？」

木下が呼びかけると、包帯だらけのその男が目を開いた。

「警察だよ。よかったら話、聞かせてもらえるかな？」

「警察……」

窪田という名前らしいボーイの声は酷く掠《かす》れていた。

「……警察には通報しないって聞きましたけど……」

「誰がそんなことを？」

問いかけた卿に対し、窪田は力なく首を横に振るだけだった。

彼の顔には絶望感が溢れている。いや、絶望というより恐怖か。その顔には殴られた痕がはっきり残っていた。あのアキラという少年より、酷い殴られようだった。喋るときにわなわなと震えている唇もまた切れている、そのさまもまた痛々しい、と卿は彼から目を背けた。

「レベルト大臣の部屋に呼ばれたよね。そこで何があったんだい？」

木下は既に、質問内容を考えていたようだった。窪田が喋りやすいよう、誘導尋問よろしく問いを発する。

「……ルームサービスを届けたのが僕だったんですけど、そのあと、大臣が僕を気に入ったので部屋に呼びたいと言っているとチーフに言われて……チップで大金が貰えるだろうということだったので、言われたとおり一人で大臣の部屋に行きました。でも……」

ここで窪田が口を閉ざしたかと思うと、痛々しげに包帯の巻かれた両手を上掛けから出し、その手で顔を覆った。

「こわかった……本当に、殺されるかと思いました……」

「襲われたの？　大臣はゲイだというけれど」

木下の問いに窪田は、そうだ、というように何度も頷いた。

「ゲイだなんて、知らなかった。部屋に入ったらいきなり腕を摑まれて、ベッドに押し倒されました。抵抗しようとしたら酷く殴られて……怖くなって逃げだそうとしたんだけど、無理でした。あとはもう……思い出したくもないです……」

顔を覆ったまま窪田はそう言うと、嗚咽《おえつ》の声を漏らし始めた。

「…………」

その後、彼の身に何が起こったのか。想像がつくだけにフォローのしようがなく、卿はただただ黙り込み、泣きじゃくる窪田の姿を見つめていた。

「卿さん、何か他に……」

聞くことはないですか、と木下が卿に問うてくる。と、そのとき泣いていた窪田がはっとしたように顔を上げた。

「ケイ?」

「え?」

名前に反応されたことに戸惑い、思わず声を漏らした卿の顔を窪田がまじまじと見つめてくる。

「ケイ、ケイ、とあいつ、何度も言ったんです。ケイが悪い、ケイがなぜいないんだって。俺、ケイという男の代わりに殴られたんじゃないかと思ったんですけど、あなたがそのケイなんですか?」

それまでの恐怖の表情の上に、憎悪の感情が重なっている。ギラギラと光る目で卿を見たかと思うと窪田は包帯の巻かれた両手で卿にしがみついてきた。

「……っ」

「あんたのせいで……っ！　あんたのせいで、俺は殺されそうになったんだぞ！　わかってんのかっ」

　叫ぶ窪田の両肩を摑み、木下が慌てて卿から引き剝《は》がす。

「違いますよ。この人はレベルト大臣とは面識がありませんから」

　実際、大臣の言う『ケイ』は卿に他ならないと、彼もまた思っているだろうに、それを明かせば窪田が尚も取り乱すことがわかったからだろう。木下はそんなフォローの言葉を口にし、落ち着いてください、と窪田に告げた。

「……すみません……」

　途端に窪田が我に返った様子となり、ああ、と呻《うめ》くようにして両手に顔を埋める。

「いや……」

　謝るべきは自分のほうである。その思いから言葉に詰まった卿の声に被せるように、木下が問いを発した。

「レベルト大臣に殴られ、首を絞められた。それは間違いないですね？」

「……犯されました。何度も……あとは、おっしゃるとおりです……」

　顔を伏せたまま窪田は掠れた声でそう言うと、再び、「すみません」と何に対するものだかわからない謝罪の言葉を口にした。

「……ありがとうございました」

これ以上、聞き出せることはないだろうと判断したらしい木下がそう言い、この場を切り上げようとする。

「……スマホでずっと、撮ってました。僕を痛めつけている動画を……あの人、変ですよ。でも、チーフが言ってましたけど、逮捕はされないだろうって。慰謝料払うって言ってきたそうです。ホテルもそれを受け入れるだろうって……」

だが窪田はまだ喋り足りなかったらしい。両手で顔を覆ったまま、切れ切れにそう告げたあと、はあ、と深く息を吐いた。

「……いくら欲しいかって言われました。五百万でも一千万でも、きっととれるだろうって。でも……」

「……お金で解決できるものじゃないですよね」

卿が思っていたことを、木下が言葉にして窪田に問う。

「できません……でも、職を失いたくはありません。納得するしかないのかも……」

はあ、とまたも大きく息を吐き、窪田が伏せていた顔を上げた。

「……っ」

涙に濡《ぬ》れる傷だらけの顔を前にし、卿の胸がズキリと痛む。

「……もう……忘れるしかないのかもしれません」

「そんな……」

卿の口から思わずその言葉が漏れる。それでいいのか、という思いは、だが、身も心もボロボロになっていることがありありとわかる窪田を前にしては、言葉として発することはやはりできなかった。

「……もしもあなたが納得できないというのなら、警察は必ずあなたの供述について捜査します。そのことは忘れないでください」

木下の言葉に対し、窪田は何も答えることなく、深い溜め息を漏らすとまた両手に顔を埋めてしまった。

抑えた嗚咽の声が病室内に響く。

「……行きましょう」

そんな彼の様子をじっと見つめていた卿は、木下に声をかけられ、はっと我に返った。

「ああ」

「お大事になさってください。くれぐれも、我々警察はあなたの味方だということを、忘れないでくださいね」

病室を去り際、木下が窪田に声をかけたが、窪田が顔を上げることはなかった。

部屋の外に控えていた外務省の役人たちに会釈をし、木下がその場を離れる。卿も彼のあとに続いたものの、心中は複雑だった。

「本当に……酷い話ですね」

再びリネン室に引き返す道すがら、木下が卿にそう声をかけてきた。

「そうだな」

頷く卿の顔は、いくら意識をしようとも、強張《こわば》ってしまっていた。

「大臣が危害を加えたことは間違いない。でもこのままでは外務省の役人に握り潰《つぶ》されてしまいます」

「……ああ」

頷いた卿に対し、木下が何かを言いかける。

『これでいいんですか』

彼の言いたいことは卿にはよくわかった。

「……いいわけがない」

呟いた卿に木下が憤った声を上げる。

「僕にできることってなんなんでしょう」

「それは……」

自分も知りたい。だが先輩としてその言葉を口にすることを、卿は躊躇《ためら》った。

「お前はもう戻れ。本当に助かった。あとは僕に任せて欲しい」

卿の言葉に、木下は何か言い返そうとした。だが、卿が、

「頼む」

と頭を下げると木下はそれ以上は何も言えなくなったようで、口を閉ざした。了承したとは思えない彼に、卿が指示を与える。

「……職場に戻ったら、僕は今日休むと石堂さんに伝えておいてもらえるか?」

「え?」

木下が戸惑った声を上げ、卿を見た。

「頼んだぞ」

卿はそう言い置くと、木下が「卿さん」と呼びかける声を無視し、駆け出した。

「卿さん! あなた、一人で何やろうとしてるんですかっ!」

背中に木下の声が刺さる。

「いいから! お前は戻れ!」

叫んだあと卿は病院の門から路上に出て、ちょうどタイミングよく走ってきた空車を停《と》め乗り込んだ。

「卿さん！」

　ようやく追いついた木下を無視し、運転手に行き先を告げる。

「Tホテルまで。急いでください」

「卿さん！」

　背後で木下が叫んでいたが、卿は振り返ることなく前を見つめ続けた。

　卿の脳裏に今まで話を聞いていた窪田の痛々しい姿が蘇《よみがえ》る。

　傷の痛みもつらいだろう。が、それ以上に無理矢理身体を開かされた屈辱や、泣き寝入りするしかないという現状に彼の心がどれだけ傷ついたかと思うと、卿はもう、どうしたらいいのかまるでわからなくなっていた。

『あなたがそのケイなんですか？』

『あんたのせいで……っ！　あんたのせいで、俺は殺されそうになったんだぞ！』

　まさにそのとおりなのだ。自分が大臣の誘いを断りさえしなければ、彼があんな酷い目に遭うことはなかった。

　憎悪の目線を向けてきた窪田の顔を思い出す卿の口から、堪えきれない溜め息が漏れる。だがすぐさま彼は、溜め息など漏らしている場合ではないと首を横に振ると、ポケットから一枚の紙片を取り出した。

そこに書かれていたのは——レベルト大臣のメールアドレス。

卿は暫くそのアドレスを見ていたが、やがて小さく息を吐き出すと自身の携帯を取り出し、その宛先にメールを打ち始めた。

自分がいかに無謀なことをしようとしているかという自覚は、勿論卿にはあった。発覚すればそれこそ辞表を書かざるを得なくなるということもわかっていたが、やらずにはいられなかった。

衝動のままに行動する——SPには相応《ふさわ》しくない行為だという教えを父から受けたこともある。感情に流されることなく、常に冷静に、警護対象者の安全のみを考え行動する。それこそがSPの仕事だということは無論、卿にもわかっていたが、今はただ衝動のままに動きたいという気持ちを抑えることができなかった。

絶対に、証拠を摑んでやる。大臣が今まで犯してきた罪の証拠を手に、彼を法の下に裁くのだ。

警察官として、大臣の所業を見過ごすわけにはいかない。心の中でそう呟きながら、メールの文面を考えていた卿の脳裏にはそのときなぜか、警察官として犯罪を誰より憎んでいるように見えた小野島の顔が浮かんでいた。

6

卿《けい》が打電したメールの文面は次のとおりのものだった。

『今夜、ご帰国かと思うと寂しさが募ります。一度お会いできませんか』

相手が――大臣が乗ってくるか否かは、半々だと卿は思っていた。が、メールをした次の瞬間、携帯が着信メールに震え、ドキリと鼓動が高鳴った。

『一つ下の階に部屋を用意させた。すぐにも来てほしい』

メールの文面を目で追いながら卿は、これから自分がするべきことをざっと頭に描いた。

今、検証できるのは大臣の、ボーイ窪田《くぼた》への暴行である。証拠は大臣がずっと撮影していたというスマートフォン。それを入手するために卿は、自分が囮《おとり》になろうと決めたのだった。

証拠の品がなければ、捜査の手は及ばない。きっとまた揉《も》み消されてしまう。半年前と同じく――今や卿は、半年前に大臣が殺人の罪を犯したに違いないという見解に達していた。

あからさまな誘いのメールを送れば、大臣はきっとその気でやってくる。スマートフォンも持参するに違いない。卿の脳裏に、大臣に写真を撮られたときの光景が蘇《よみがえ》った。

彼がスマートフォンを取り出したら、奪う。あとのことはなるようになる、程度にしか考えていなかった。

身の危険は感じない。大臣に押し倒されたとしても、抵抗できる自信は充分にあった。大臣の身のこなしから、彼が武道の心得がなさそうであると推察できたためで、唯一気にすべきは護衛役の金髪の若者——確かジャンという名だったが——の存在だと卿は思っていた。

護衛とはいえ、閨《ねや》にまでは介入させないだろう。スマートフォンを奪ったら大臣を気絶させ、部屋を抜け出す。大臣の様子がおかしい、などと告げればきっと騒ぎになり、姿を消しやすくなるに違いない。

計画がおおざっぱである自覚はあったが、じっくり練る余裕はなかった。いきあたりばったりだと自嘲《じちょう》しつつも、夜には帰国してしまうことを思うと焦らずにはいられない。

スマートフォンを入手したらすぐさまそれを宝井《たからい》のもとに届ける。証拠があって尚《なお》、見逃すというのならそれまでだが、上司がそこまで腐っていると卿は思いたくなかった。

きっと何かしらの動きを見せてくれる。信じるしかない。自身に言い聞かす卿の頭に、ふと、小野島《おのじま》の顔が浮かんだ。

彼に連絡を入れようかという考えは、実は何度も卿の頭に浮かんでいた。が、連絡先がわからないということを理由に、躊躇《ためら》っていたのだった。

鼻を明かしたいなどという子供じみた欲求があったわけではない。ただ、なんとなく連絡しづらいという思いは抱いていた。

証拠となるスマートフォンを渡す相手は宝井ではなく、小野島のほうがいいのでは、ということも考えた。警護課には犯罪を捜査する権限はない。捜査一課に持ち込むほうが話が早いとはわかっていたが、なぜか卿はその気になれなかったのだった。

理由は自分でもよくわからない。馬鹿にした態度をとられたことを根に持つほど、青くないつもりではあるが、実際はそれが理由なのかもしれなかった。

我ながら子供じみている、と呆《あき》れてしまう。だが今回、大臣が傷害の罪で捜査されることになれば、小野島も多少は気が済むのではないか、と考えなくもなかった。

半年前の殺人事件については裁判も終わり、刑も確定しているために再捜査は難しいかもしれない。とはいえ、世間に大臣の犯行だと広く知らしめることはできるだろう。

今回暴力を振るわれたアキラにせよ、ホテルのボーイにせよ、泣き寝入りさせるのは気の毒すぎる。大臣という身分を笠に着ている彼に、自身が起こした行動に対する報いはやはり受けさせたい。

自分ができることがあるのなら、実行するまでだ、と卿はその決意を胸にホテルへと向かったのだが、ホテルでは予想していない人物と顔を合わせることとなった。

今の今まで頭に思い浮かべていた小野島がロビーで待ち受けていたのである。

待ち受けていた、といっても卿を待っていたわけではなさそうだった。だが卿の姿を認めたあと、彼は訝《いぶか》しげな顔になったかと思うと、大股で近づいてきてしまい、こんなときに、と卿は密《ひそ》かに溜《た》め息《いき》を漏らした。

「大臣に会いにきたのか？」

問いには問いで返そう、と卿もまた小野島に問いかけた。

「ここで何をしている？」

「ボーイが瀕死の重傷を負ったと聞いたものでね」

答えを渋るかと思った小野島は淡々とそう告げると、再び卿に問うてきた。

「で？　そっちは？」

「……任務の内容は説明できない」

卿は嘘《うそ》を答え、小野島を撒《ま》こうとした。が、誤魔化《ごまか》される彼ではなかった。

「警護は外れたんだろう？　どんな任務があるっていうんだ？」

「だから答えられないと言っただろう」

振り切るしかない。卿は言い捨て立ち去ろうとしたが、小野島に腕を摑《つか》まれ、阻《はば》まれてしまった。

「もしかしてお前、責任を感じているんじゃないのか？　ボーイが怪我《けが》したことに対して」

「……っ」

いきなり胸の内を読まれ、卿は思わず反応してしまった。

「やっぱりそうなんだな？」

小野島が卿の顔を見下ろしてくる。

「腕を離せ」

言いながら卿は自身の腕を摑む小野島の手首を逆に捕らえようとした。が、そのときには小野島は手を離していた。

「自分の代わりに大怪我をしたボーイに責任を感じている……違うか？」

だが問いを発することはやめず、尚も卿の目を覗《のぞ》き込んでくる。

「よく知っているな。ボーイの怪我のことを」

箝口令《かんこうれい》が敷かれているはずだ、と答えてから卿は、これでは彼に明かしているのと一緒か、と思い当たり唇を嚙《か》んだ。

「ああ。警護課には顔が利くんでね」

にやりと笑った小野島を見て、卿は誰が彼と通じているのかと同僚の顔をざっと思い浮かべたものの、一人として思いつかなかった。

「大臣のところに行くのか？　何をしに？」

たたみ掛けるようにして問いかけてくる小野島をどう振り切るか、卿は考えた。が、物理的に『振り切る』以外方法はないとしか思えず、

「説明する義務はない」

と言い捨てるとそのままエレベーターへと向かおうとした。

「まさか大臣に直談判する気か？　無駄だ。第一どうやって会う？　面会を申し込むのか？」

小野島が予想どおりあとを追ってくる。

「任務だと言っているだろう」

嘘を突き通そうとしたが、小野島はしつこかった。

「警護からは外れているお前がなんの任務だ？」

「それも警護課の誰かから聞き出したのか」

「そうだ」

「デマだ。外れてはいない」

「嘘だろう」

どこまでもあとを追ってくる彼に卿の苛立《いらだ》ちは増していった。

「もう、放っておいてくれ」

時間がない。すぐにも大臣のもとに向かい、スマートフォンを入手したいのに。邪魔はしないでもらいたい。

駆け出そうとした卿は再び小野島に腕を掴まれ、思わずきつく睨《にら》んでしまった。

「何かする気か？　そうなんだな？」

掴まれた腕をぐっと引かれ、足を止めさせられる。

「何度も言わせないでくれ。説明する気はない！」

卿はそう言い、腕を振り解《ほど》こうとしたが、小野島の手は今度は緩まなかった。

「任務じゃないよな？　何をしようとしている？」

「なんでもいいだろう！」

焦ってもいた。苛立ってもいた。だが己の目を見つめる小野島の瞳の中に、この上ない真摯《しんし》な光を見出してしまった卿は、一瞬言葉を失いその光を見つめてしまった。

「責任を感じて、暴走しようとしているだろう？　考えなしに行動するんじゃない。冷静になれ。相手は一国の大臣だ。感情にまかせてどうこうできるような相手じゃないだろう！」

抵抗が一瞬途絶えたせいだろう。小野島が説得にかかるべく、じっと目を見つめ訴えかけてくる。

考えなし——その言葉を聞いた瞬間、卿の中で何かが弾《はじ》けた。

「考えているさ！　勿論《もちろん》！」

考えもなく、こんな行動をとろうとするはずがない。馬鹿にするな、という思いで卿は小野島を怒鳴りつけていた。

「お前が言ったんじゃないか！　自分の目で見て、自分の頭で考え行動しろと！　僕は今、自分の考えで動いているんだ！　自分の信じる正義を実践しようとしているんだ！　邪魔しないでくれ‼」

「お前……」

卿の前で小野島が、半ば呆然《ぼうぜん》とした顔になる。

「もう、放っておいてくれ！」

卿はそう言い、小野島の手を振り払うとエレベーターに向かおうとした。

「いいのか！　本当に！」

その背に小野島の声が刺さる。

「父親の伝説を汚《けが》すことになるかもしれないぞ！」

「……っ」

卿は思わず足を止めてしまったが、それは小野島の言葉どおり、父の名に傷が付くことを恐れたためではなく、父のことを持ち出せば自分が考え直すに違いないという読みを小野島にされたことがショックだったためだった。

どこまでも親離れをしていない。そういう認識をされているかと思うと悔しくてたまらない。

「父は父、僕は僕だ！」

振り返り、叫んだ卿に小野島が駆け寄ってくる。頼むから少し冷静になってくれ」

「『考えなし』などと言って悪かった。頼むから少し冷静になってくれ」

再び卿の腕を掴み、顔を覗き込んでくる。説得にかかろうというのか、と卿は小野島を見返し、その目の真剣さに一瞬、声を失った。

「お前が何をしようとしているか、予想はつく。単身、大臣と会おうとしているんだろう？　たとえ面談がかなったとしても、果たして何ができる？　落ち着いてよく考えるんだ。何もできずに終わった挙げ句に職を失うかもしれない。それでもいいのか？」

切々と訴えてくる小野島の言葉は卿の胸に滲《し》み入り、確かにそのとおりだ、と説得されそうになっていた。

それに気づいたとき卿は、いけない、と小野島の手を振り払い、再び歩き出そうとした。

「おいっ」

説得されてはいけない。自分の代わりに心と身体に酷《ひど》い傷を負った窪田のためにも、彼に暴行を加えたという証拠を手に入れなければいけない。それができるのは自分だけなのだ。この先に待っているのが辞職だったとしても、行動を起こさねばならないのだ。

「考え直せ！」

小野島が卿に駆け寄り、再び腕を摑む。彼の顔を見れば、その話を聞けば、また心に迷いが生じるとわかっていた卿は、普段なら決して取らない行動に出た。拳《こぶし》を小野島の鳩尾《みぞおち》に叩《たた》き込んだのである。

「……っ」

不意を突かれ、小野島が声もなくその場に崩れ落ちる。

「……申し訳ない」

こうするしかなかった。謝罪の言葉を残し、卿はエレベーターへと向かうと、待っていた箱に乗り込み、指定階を目指した。

悶絶《もんぜつ》するほど強い力で殴ったわけではない。が、無抵抗の人間に危害を加えてしまったことを卿は心から反省した。

小野島があとを追ってくることも案じたが、自分が向かう先が大臣の部屋ではなく、新たに用意された客室であるため、これからの行動を阻まれることにはならないだろう、と思う卿の口から、抑えた溜め息が漏れた。

悪いことをした。彼があぁも自分を止めたのは、身の安全と将来を慮《おもんぱか》ってくれたがゆえだとわかるだけに、申し訳なさが募る。と同時に卿は、友人というわけでもない自分の身を思いやる小野島の人柄のよさに改めて触れ、なんとも不思議な気持ちに陥った。

第一印象とはまるで違う。ガラの悪い皮肉屋かと思っていたのに、実際の彼は犯罪を憎む立派な警察官だった。それだけでなく、心の熱い人情家でもあるようだ。

今まで、会ったことのないタイプの人間だ。いっそ、大臣を追い詰めるその方策を彼と協力し合えばよかったか。

そんなことを考えているうちに卿は指定された部屋の前に到着した。

易《やす》きに流れてはいけない。これから自分が行おうとしているのは、警察官としてはあるまじき行為だ。大臣のスマートフォンを盗む、いわば窃盗《せっとう》である。それを小野島に手伝ってもらうなど、頼めるはずもない。

よし。気合いを入れるために、軽く息を吐き出すと卿は、すっと手を上げ、ドアチャイムを鳴らした。

さまざまな思考を一旦頭の奥へと押し込め、大臣からスマートフォンを取り上げることのみ考えようと自身を律する。

おそらくベッドに誘われる。彼がスマートフォンを取り出したら、それを奪って逃走する。

シミュレーションを組み立てようにも、ベッドに誘われた経験も、隙《すき》を突いて相手の持ち物を取り上げるという経験もないため、具体的な行動を今一つ頭に描くことができない。

ただ先ほど小野島を一撃で倒したこともあり、自分の身体能力に対する自信は高まっていた。もし大臣の隙を突いてスマートフォンを持ち出すことができなかった場合、大臣を気絶させるために拳を打ち込むことをせねばならないだろう。

警護対象者であった人間に対し、ＳＰである自分が暴力を振るうことなど、考えられない。父が知ったらどう思うか。いや、父は関係ない。理由もなく暴力を振るわれたボーイやアキラ、それに半年前に殺された男娼のことを思うとやはり、大臣の所業に目を瞑《つむ》り、やり過ごすことはできない。

卿がそれらのことを考えていたのは一瞬だった。チャイムを鳴らして数秒後、カチャ、と小さくドアが開いたのに、彼はここで思考を切り上げ、いよいよだ、と緊張を新たにした。

「やあ、待っていたよ」

ドアを開いてくれたのは大臣だった。

「日本を発《た》つ前に君にまた会えて嬉《うれ》しい」

どうぞ、と中に導かれ、卿は一礼して部屋に入った。部屋はスイートではなく通常の客室で、ベッドはダブルだった。それでも少し広めか、と室内をざっと見回していた卿に、大臣が明るく話しかけてきた。

「まずは乾杯しよう。シャンパンは好き？」

「いえ、その……」

飲食物を口にするのを卿は躊躇った。腕力では負けない自信があったが、薬でも入れられた場合、抵抗できなくなる可能性が出てくるためである。

「勤務時間中だ、というわけじゃないよね？」

大臣はシャンパンクーラーから取り出したシャンパンの栓《せん》を器用に抜くと、二つのグラスに順番に注いでいった。

「はい」

「申し訳ありません」

手間をかけたことを詫《わ》びながら卿は、渡されたグラスを見やった。遠目ではあったが、グラスは空だったように思う。シャンパンも今、開けられたばかりだし、大丈夫だろうかと思いながら大臣を見る。

「乾杯」

大臣が卿と目を合わせて微笑《ほほえ》み、チン、とグラスをぶつけてくる。そのまま彼がグラスを口へと持っていったのを見て、本人も飲むのであれば何も入っていないだろうと判断した卿は、それでも一口だけ、グラスに口をつけるに留めた。

一方、大臣は一気飲みに近い感じでグラスを空けると、それをサイドテーブルへと下ろし、卿に向かって両手を広げてみせた。

「さあ、おいで。綺麗《きれい》な君にくちづけしたいから」

にっこり、と微笑みそう告げる大臣の瞳はきらきらと輝き、頬《ほお》はうっすらと紅潮していた。彼が興奮しているときの合図かもしれない。どうするか、と卿は今後の行動を迷い、グラスを手に立ち尽くした。

まだ大臣が証拠となり得るスマートフォンを持っているかがわからない。今は言うことをきいておくべきだろうと思うも、『くちづけをしたい』という要望を叶《かな》えるのには抵抗があった。しかしそうも言っていられないだろうと心を決め、卿は大臣に近づくと、彼もまたグラスをサイドテーブルに下ろし顔を上げようとした。

「……っ」

その瞬間、卿は大臣にきつく抱き締められ、唇を唇で塞《ふさ》がれていた。ぎょっとしたと同時に、口移しで錠剤のようなものが口内に入ってきたことに気づき、顔を背け吐き出そうとした。

が、大臣はそれを許さず、両手で卿の頬を挟むようにして尚も深くくちづけてくる。

悪寒が卿の背筋を上った。が、何よりわけのわからないものを飲まされることへの嫌悪と恐怖から、卿はなんとか大臣から逃れようと抗《あらが》った。口内で錠剤が溶けていくのがわかる。

次第に手脚に痺《しび》れを感じるようになり、卿は慌てた。キスをしているわけなので、多少なりとも大臣の口の中にも薬は溶け出しているはずである。なのに彼のほうには変化が見られないのはなぜなのか。常用しているために多少の慣れがあるということか。

最早手脚の自由は完全に失われつつあった。足に力が入らず、独力では立っていられないような状態である。それがわかったのか、大臣はようやく卿から唇を離すと、崩れ落ちそうになる卿の背を支え、そのままベッドへと横たわらせた。

「ＳＰは訓練を積んでいると聞いてね。抵抗されたら君のほうが強いんじゃないかと思って、それで薬を使わせてもらった。大丈夫。ちょっと身体が痺れるくらいで後遺症はないよ」

ふふ、と笑いながら大臣が、卿のネクタイに手をかける。

「最初に会ったときから、君の裸はどれだけ綺麗だろうと、そのことばかりを考えていた」

やめろ――総毛立つ思いで卿は心の中で叫んだ。自己嫌悪の念がこれでもかというほど込み上げてくる。

手脚の自由ばかりか、声まで発せない状態に卿は陥っていた。大臣にネクタイを外され、上着やシャツだけでなく、スラックスに下着まで脱がされてしまっても抵抗もできない自分が情けなく、悔しさから涙が溢《あふ》れそうになる。

「美しい。美しいね」

着衣を全て脱がされ、全裸に剝《む》かれた身体を見下ろし、大臣が、ほう、と溜め息を漏らした。彼の瞳の星が増し、頬がますます紅潮してくるのは、興奮の表れのようで、それは上擦る声からも察することができた。

「本当に美しい……それに肌も綺麗だ」

うっとりした口調でそう言いながら、大臣が上着のポケットを探り、スマートフォンを取り出し構える。

あれを入手するために来たというのに——身体の自由は完全に奪われ、今や唇を噛むことすらできなくなっていた卿は、悔しさを堪《こら》え大臣を見上げた。

「いい目だ。そういう目をしている男はプライドが高い。そのプライドをズタズタにするのが楽しくてたまらないのさ」

言葉どおり『楽しくてたまらない』様子で大臣はそう言いながら、カシャカシャと何度も卿に向かいシャッターを切った。

フラッシュが眩《まぶ》しく、目を閉じる。と、閉じた瞼《まぶた》越しに陰が差し、大臣が覆い被《かぶ》さってきたのがわかった。

「綺麗な色の乳首だ。ピンクじゃないか」

胸元に息がかかるのがわかる。ぞっとし、目を開いた卿のその目に、大臣が長く出した舌で乳首を舐《な》め上げる姿が飛び込んできた。

嫌悪感が増し、全身の肌が粟立《あわだ》つ思いがする。

「可愛《かわい》いね」

視線を感じたらしく大臣は卿を見上げてそう言うと、わざと音を立てるようにし卿の乳首をしゃぶり始めた。

「…………っ」

気持ちが悪くて吐きそうになる。が、身体は少しも動かない。

「手脚は動かせないだろうけど、感覚は生きてるだろう?」

舌先でつん、と卿の乳首を突いてみせた大臣はそう言うと、舐《ねぶ》っていないほうの乳首に右手を伸ばした。

つん、つん、と軽く弾かれたあとに、きゅっと乳首を摘《つ》まみ上げられる。

そのとき、卿の身体がびく、と微《かす》かに震えた。悪寒めいた何かが背筋をじわりと這《は》い上ってくる。

「ほら、感じてるだろう?」

卿を見下ろし、大臣は勝ち誇ったようにそう言うと、再び顔を伏せ、卿の乳首を強く吸った。

もう片方を指先で摘まみ上げ、抓《つね》り、そして弾く。

「……う……っ」

間断なく両胸に与えられる、痛いほどの強い刺激を受け、卿は自身の身体が変化していくことから目を逸《そ》らせなくなっていった。

じわじわと全身を内側から侵食していくこの感覚は、決して認めたくはないが『快感』に違いなかった。

乳首を舐められ、弄《いじ》られたことで自分が『感じて』しまっていることが信じられない。しかもその刺激を与えているのは、か弱い相手に対し暴力を振るった挙げ句、殺人の罪すら犯している可能性が高いレベルト大臣なのである。

嫌悪してしかるべき人間であるのに、今や卿の息は上がり、肌はじっとりと汗ばんでいた。鼓動が高鳴り、身体の芯《しん》から熱が込み上げてくるのがわかる。

「感じやすい身体だ。理想的だな」

大臣が顔を上げて卿にそう告げたあと、ちらと視線を下半身へと向かわせた。

やめてくれ、と卿が耐えきれず目を伏せたのは、自身の雄が既に勃《た》ちかけていることを知っていたためだった。

「どこが一番感じるか、確かめてあげよう」

歌うような口調でそう言いながら、大臣が再び卿の胸に顔を伏せる。乳首を舐っていた舌が腹に滑り、やがて下肢へと辿《たど》り着く。ここで大臣は一旦身体を起こし、卿の両脚を大きく開かせ、恥ずかしい格好をとらせた。

「可愛いね」

その姿を見下ろし、くす、と笑った彼が再び卿の下肢に顔を埋める。

「……っ」

すっぽりと雄を咥《くわ》えられた卿の身体がまた、びく、と反応する。熱い口内を感じた雄がみるみるうちに硬くなっていくことに、卿は絶望的な思いを抱いた。

大臣が卿を咥えたまま目を上げ、にや、と笑いかけてくる。彼の舌が卿の雄の先端に絡みつき、最も敏感なくびれの部分を舐りはじめた。

「う……っ」

竿《さお》を扱《しご》き上げられ、先を舐られるうちに、卿の雄はすっかり勃ちきり、今にも達しそうになっていた。と、大臣は口から卿の雄を出すと、今度は太腿《ふともも》へと唇を滑らせ、ところどころきつく吸い上げながら足の付け根へと向かわせた。

一段と強く吸い上げ、ちり、という痛みを覚えた卿の唇の間から、息が漏れる。

「白い肌に映えるね」

ほら、見てごらん、と大臣が卿に、己のつけた吸い痕《あと》を見せつけようと、両脚を抱え上げた。

「……っ」

勃ちきった雄の先端が腹を擦り、先走りの液が滴る。

「君は今まで、男に抱かれたことはある？」

問うたところで答えられるような状態ではないと、大臣にもわかっていることだろうに、大臣は楽しげに笑いながら、両脚を抱え上げたせいで露《あら》わになった卿の後ろをちらと見やり、そう問いかけてきた。

「あっても不思議はないと思ったけれど、どうなのかな？」

ちゅ、と卿の尻《しり》に唇で触れたあと、大臣が双丘を摑み、そこを押し広げようとする。

卿はその美貌《びぼう》ゆえ、幼い頃から同性に性的対象として見られがちだった。が、卿自身の性的志向はノーマルだったし、たとえ押し倒されたとしても、身体能力は相手よりまさっていたため身の危険を覚えることもなく、従って彼に同性との性交渉の経験はなかった。

とはいえ、知識としては、どこを『使う』かというくらいのことは得ていたため、大臣がこれから何をしようとしているのかを察し、嫌悪感から総毛立った。

やめろ——叫びたい。が、やはり声を発することはできなかった。逃れたくても身体を捩《よじ》ることは勿論、手脚を少しでも動かすことすらできない。

熱い息をそこに感じた直後、大臣が押し広げたそこに顔を埋めてきた。

吐き気が込み上げてきたが、吐くこともできなかった。ざらりとした舌が挿入され、内壁を舐られる。

今や卿の雄はすっかり萎《な》えていた。腰を上げさせられた体勢がつらい。身体は動かないのに、つらいという感覚だけはしっかりあるのが不思議だった。舌でそこを舐られる、不快としかいいようのない感覚もしっかり伝わってくる。

「やっぱり初めてなんだな」

大臣が独り言のようにそう言ったかと思うと、顔を上げ、卿を見つめた。

「処女はいろいろ、面倒くさいんだよね」

舌打ちしかねない彼の目に、今までにない光が灯《とも》っていることに、最初卿は気づかなかった。

「でもまあ、ある意味楽しくはあるのだけれどね」

言いながら大臣が身体を起こし、ジジ、と自身のスラックスのファスナーを下ろす。

「……っ」

そこから取り出した彼の雄は、既にそそり立っていた。太く、長いそれを見た卿はぞっとし、動かない身体ながらも、なんとか逃れることはできないかと身を固くした。

「血で汚さないでくれよ」

ふふふ、と大臣が笑いながら卿の両脚をまた、抱え上げる。

「最初はね、みんな、痛いっていうよ。どんなに取り澄ました相手でもね、悲鳴を上げてひいひい泣くんだ。痛い、痛い、許してくれってね。君も泣くかな。ああ、しまった。声も出ないんだっけ。でも悲鳴は上げられるかもね。楽しみだな」

喋《しゃべ》っているうちにますますハイテンションになっていく大臣の目はぎらぎらと光り、息づかいは、はあはあと、まるで獣のようなものになっていた。

そこにいるのは、気品のある王族の一人でも、一国を代表し来日した大臣でもなく、狂気を孕《はら》んだ一匹の獣だった。

「さあ、いくよ」

声を張り上げ、そう言ったかと思うと、大臣が卿の両脚を抱え直し、露わになっているそこにいきなり自身の雄をねじ込んできた。

「――――っ」

激痛が走り、卿の口から声にならない悲鳴が漏れる。

「痛い？　痛いかな？　慣らしてないもの。痛いよね」

強引に腰を進めてきながら、大臣が嬉しげに卿に問いかけてくる。痛い、どころではなかった。身体を裂かれるような、しかも鋭利な刃物ではなく狭いところを無理矢理に太い棒でこじ開けられるような、耐えがたい痛みに卿はただただ、声にならない悲鳴を上げ続けた。

「いい顔だ。本当にいい顔だね」

目尻から、感情を伴わない生理的な涙が溢れる。それを見下ろし大臣は満足そうに笑うと、卿の両脚を抱え直し、一気に奥まで貫いた。

ぎゅっと閉じた瞼の裏に、白い閃光《せんこう》が走る。後ろはもう痺れたようになっていて感覚はなかった。入口が裂けたのか、ひりひりとした痛みを覚えている。

「もっと泣いておくれ」

頭の上で歌うような大臣の声がしたが、目を開くことはできなかった。

カシャ。

シャッター音と共にフラッシュが焚《た》かれたのがわかったが、やはり痛みが勝って目を開けられない。

カシャ、カシャ、と連続してシャッターが切られる。まだ、大臣の雄は挿入されたままだったが、抱えられていた両脚は離されていることに卿はようやく気づいた。

「もっと苦しげな顔、見せておくれよ」

カシャ。シャッターの音と共に大臣の上擦った声が耳に響く。

「さっきみたいないい顔を、見せてくれって言ってるんだ」

その声に苛立ちが混じった、と思った瞬間、顔のすぐ横にスマートフォンが落ちてきたため、卿ははっとし思わず目を開いてしまった。

「君は辛《つら》そうな顔のほうが綺麗だよ」

目を開いたすぐその前に、大臣のぎらつく目があった。頬が紅潮しピンク色になっている。

「もっと綺麗にしてあげる」

そう告げる大臣の目の煌《きら》めきが増した、その次の瞬間彼の両手が伸びてきて、卿の首を締め上げた。

苦しい——容赦のない強さだった。息ができず、頭に血が上ってくるのがわかる。

「いい顔だ。もっと、さあ、もっと」

すっかり興奮している様子の大臣の高い声も、自身の耳鳴りの音にかき消され、よく聞こえなくなっていた。

呼吸はもうできず、圧迫される喉《のど》の痛みも感じない。

その瞬間、卿ははっきりと『死』を覚悟した。と同時に、半年前、男娼を殺した犯人も大臣に違いないという確信を得た。

「ああ、綺麗だ。綺麗だよ」

大臣の声が遠くに響き、後ろに挿入されている彼の雄がやたらと存在感を増していく。

こんな無様な状態で、死ぬのか、と思うと卿は泣きたくなった。哀しい、悔しい、というより、力の及ばない自分に対する怒りが生んだ涙だったのだが、その涙が目尻から流れ落ちかけたそのとき、耳鳴りの向こうでドアが開く音がした。

「なんなんだ、君たちはっ」

大臣の怒声が響いた直後、首を圧迫していた腕が失せたが、それが部屋に雪崩《なだ》れ込んできた男たちが大臣を取り押さえたからだということを察するまでには時間がかかった。

「大丈夫かっ」

不意に卿の視界に、見覚えのある男の顔が飛び込んでくる。

「…………小野島さ……」

どうして彼がここに——驚きからその名を口にした卿は、そのときようやく薬の効き目が失せ、声を発せるようになっていたことを自覚することができたのだった。

7

「大丈夫か？」

頰を叩かれ、卿《けい》は小さく頷《うなず》いた。小野島《おのじま》の目が痛々しげなものを見るようであることに、いたたまれなさを感じる。

「……大丈夫だ」

酷く掠《かす》れてはいたが、声は出るようになっていた。ということは、と手脚を動かそうと試みるが、そちらはまだ、自由が利かなかった。

小野島はちらと卿を見下ろしたあと、やにわに上着を脱ぎ、それを卿の身体にかけてくれた。

「卿さん！」

そのとき、卿の耳に木下《きのした》の声が響き、すぐに顔色を失った彼が傍に駆け寄ってきた。

「何やってるんです！　囮にでもなろうとしたんですかっ！」

怒りに燃えた目をし、木下が卿の身体を揺さぶろうとする。それをなぜか小野島が卿を抱き上げることで制した。

「病院に連れていく。何か薬を投与されているらしい」

「それなら僕が」

木下が追い縋《すが》るのを無視し、小野島は大股で室内を突っ切ると、そのまま部屋の外に出た。周囲のざわめきが、好奇の視線が卿を追い詰める。しかしよく考えれば、あの場に踏み込まれた時点で自分の身に起こったことは公にされたも同様なので、今更か、と卿は気力でそう考え直した。

ホテルの外に、既に救急車が到着していた。ストレッチャーの準備をしていた救急隊員たちは、小野島が卿を抱いて現れたことに唖然《あぜん》としつつも、「こちらです」と小野島を導いた。

救急車に同乗できるのは家族のみだと聞いたことがあったが、小野島が共に乗り込んだところでサイレン音を響かせ、救急車は走り出した。

車内で卿が救急隊員から処置を受けている間、小野島は一言も喋らなかった。病院に到着する頃には、卿の手脚は大分動かせるようになっていた。

卿は処置室にまず運ばれ、医者の手当てを受けたあとはすぐに一般病室へと移された。医者は卿の身に何が起こったのか、怪我からすぐに察したらしく、一瞬痛ましそうな顔になったものの、すぐに淡々と処置をすませ、卿を病室へと送り出した。

病室は個室で、シャワーがついていた。身体を拭《ふ》きましょうか、という看護師の申し出を、自力でシャワーを浴びられそうなので大丈夫だと退けたとき、病室のドアがノックされ、小野島が姿を現した。

「明日、精密検査をして、異常がなければ退院だそうだ」

小野島と入れ替わりに看護師が出ていき、病室は二人だけとなった。

「警護課の仕事は要人警護だろ？　一体何をやってたんだ」

ベッドの近くまで歩いてきながら、小野島が卿に問いかける。余計なことをして、と言いたげな彼の言葉は正論であるだけに何も言い返すことができず、卿は口を閉ざした。

「やはり上司にも報告していなかったそうじゃないか。自分がどれだけ危険なことをしようとしたか、わかってるのか？　相手は人殺しの上に、その罪を政治力で揉み消せる人間なんだぞ？」

抑えた口調ではあったが、小野島の怒りはひしひしと伝わってきた。彼がこれだけ怒るということは、と卿は胸に込み上げる不安をそのままぶつけてしまっていた。

「大臣は逮捕できなかったのか？」

「なんだと？」

小野島が一瞬唖然とした顔になる。

「逮捕できたのか？　現行犯だよな？」

自分は首を絞められていたところを踏み込まれたはずだ。殺人未遂の現行犯となっていなければ困る。起き上がり、勢い込んで告げた卿だったが、小野島に、

「馬鹿野郎！」

と怒鳴られ、はっとして息を飲んだ。

「まさかお前、それを狙《ねら》って大臣に会いに行ったのか？　自分を犠牲にして？　どんだけ馬鹿なんだ！　下手したら死んでたんだぞ？」

怒声のあまりの大きさに、看護師が部屋に飛び込んできた。

「静かにしてください。患者さんも安静にしていてください」

師長と思《おぼ》しき年配の看護師に叱《しか》られ、小野島と卿は二人して「すみません」と頭を下げた。

彼女が出ていったあと、再び詰《なじ》ろうとしている小野島の気配を察し、卿は違うのだ、と説明を始めた。

「囮になることを狙ったわけじゃない。大臣のスマホを入手できないかと思ったんだ」

「スマホ？」

眉《まゆ》を顰《ひそ》める小野島に卿は、大怪我を負ったホテルのボーイに話を聞きにいったこと、その際、大臣がボーイを痛めつけるさまを自身のスマホで撮影していたことを知らされ、それがボーイ

への暴行容疑の証拠となるのではないかと思ったことを説明した。

「うまくすれば半年前の殺人の証拠も残しているかもしれないと思い、それで大臣とコンタクトを取ることにした。前に迫られたときにメールアドレスを教えられていたので、会いたいと連絡を入れた。隙を突いてスマホを持ち出す予定だった。寝室に呼ばれた場合は当然二人になるだろう。一対一なら腕力では負けないと思ったんだが、薬を盛られてしまった」

囮になろうとはしたが、あくまでもスマートフォンを手に入れることだけを考えており、自分の身体を人身御供《ひとみごくう》よろしく差し出す気はなかった。そう主張しようとした卿は、その瞬間、改めて自分の身に何が起こったのかを自覚してしまった。

「なぜあのときそれを言わなかった？　言われたところで止めたとは思うが、しかし……」

卿の説明を受け、小野島が何かを喋っている。が、彼の声は最早、卿の耳には届いていなかった。

「あ……」

大臣に身体を舐め回され、そして——犯された。無理矢理に雄をねじ込まれ、苦痛の涙を流したその時の光景がフラッシュバックのように不意に蘇ってきていたためである。

「ああ……っ」

耐えられない。卿は思わず天を仰いだあと、両手で目を塞ぎ、そのままベッドに突っ伏した。

「どうした？　おい？」

いきなりの卿の変化に小野島は戸惑ったらしく、卿の肩に手をかけ、顔を上げさせようとしてきた。

「触るなっ」

その手を振り払った卿は、いやいやをするように激しく首を横に振り、自身の身体を抱き締めていた。

「どうした、高光《たかみつ》警部補？」

小野島が心配そうな目をし、名を呼ぶ。

「汚い……汚いんだ」

相変わらず卿の首は激しく横に振られていた。自分が何を言っているのか、わかるようでわからない。

「汚い？　俺がか？」

小野島はますます戸惑った様子ながらも、卿が恐怖に震えていると判断したらしく、ホールドアップさながら両手を挙げ、声をかけて寄越《よこ》した。

「何もしない。触らないから、まずは落ち着いてくれ」

「違う。汚いのは僕だ。僕が汚いんだ」

胸も、腹も、そして腿も、大臣の唾液《だえき》が残っている。身体中撫《な》で回されたから彼の汗もまだ付着しているかもしれない。

そう思うともう、耐えられなくなり、卿は着せられていた病院着の上から激しく肌を擦《こす》り始めた。

「汚い……汚いんだ。汚い……っ」

看護師に身体を拭かせると言った医師の言葉が卿の耳に蘇る。汚いと彼も思ったからだ。そうだ、僕は汚れているんだ。ああ、もう、どうしたらいいかわからない。

軽いパニック状態に陥っているという自覚は、卿にはなかった。拭いただけでは綺麗にならない。洗わなければ、とよろけながらベッドを降り、シャワー室へと向かう。

「おい？」

小野島が唖然としていることも、卿の目には入っていなかった。触れてはいけないと思うのか、彼は卿のあとを少し離れてついてきたのだが、それにも卿はまるで気づいていなかった。

シャワーブースを開けると、すぐに蛇口を捻《ひね》り頭からまだ冷たい水をかぶる。

「何をやってる！」

背後で慌てた小野島の声がしたと思ったときには、卿はシャワーブースから引きずり出されていた。

「離せっ」

「しっかりしろ。シャワーを浴びるならちゃんと浴びろよ」

両肩を摑んで揺さぶられるも、卿の頭は自分の身体が穢《けが》れている、という『事実』でいっぱいになっており、誰に何を言われても頭にも耳にも入らなかった。

「汚いんだ。僕は。だから洗うんだ。洗わなきゃ。洗わなきゃいけないんだ」

「洗うのはいいさ。でも今はやめとけ。もっと落ち着いてからにしろ」

「汚いんだ。汚い。僕は汚いんだ……っ」

気付けば卿の両目からは、涙が溢れてきてしまっていた。哀しいとか悔しいとか、そうした感情に結びつくものではない。いわば理由のない涙だった。

「汚くない。お前は汚くないよ」

汚い、汚い、と言うたびに小野島が汚くない、と否定する。

「汚いんだ……」

嗚咽《おえつ》が込み上げ、上を向いた、そんな卿の身体を小野島がしっかりと抱き締めた。

「汚くない。大丈夫だ、汚くなんてないから」

髪を撫でながら耳許《みみもと》で何度もそう囁《ささや》いてくれる。

「汚い……」

小野島の体温が濡《ぬ》れた服越しに伝わってきた。その温かさに、髪を撫で、背をぽんぽんと叩いてくれるその手の優しさに、卿の胸にはなんともいえない思いが渦巻いてくる。

「……触ってほしい……上から……」

その思いは卿の頭の中で理性により組み立てられる前に、彼の口から迸《ほとばし》り出ていた。

「……え？」

小野島が戸惑った声を上げ、身体を少し離して卿を見下ろしてくる。

二人の間に隙間ができたことで、不意に寂しさを覚え、卿は自ら小野島の胸に縋っていくと、胸に溢れる思いを再び口にしたのだった。

「汚くされたところを、上から触ってほしい。なかったことにしたい……そう、なかったことにしたいんだ」

何を喋っているのか、自分でもよくわからなかったというのに、小野島はどうやら卿の希望を正しく察してくれたらしかった。

「記憶の上書き……みたいなもんか？」

「上書き……」

ああ、それだ。きっとそれに違いない。深く頷いた卿の背を抱く小野島の手に力がこもる。

「忘れさせてやればいいんだな？」

小野島のどこか、切羽詰まった声が卿の耳に響く。

忘れさせてやる——そうだ。忘れたい。忘れてしまいたいんだ、と卿は何度も頷き、小野島の身体にしがみついた。

「……わかった」

小野島が頷き、卿から身体を離そうとする。逃がすまい、という思いから卿は尚もしがみつこうとしたのだが、小野島は「ちょっと待ってくれ」と言ったかと思うと卿の身体をその場で抱き上げた。

「……っ」

思わぬ高さに卿は恐怖を覚え、小野島にしがみつく。小野島は卿の身体をゆっくりと抱き直すと、そのままベッドへと向かっていった。

そっとベッドに下ろされたあと、小野島が卿に覆い被さってくる。

「どうすればいい？」

小野島の目に逡《しゅん》巡《じゅん》の色があることに、卿は気づいてしまった。

拒絶されたらもう、縋るべき相手はいない。理由のわからぬ強迫観念が卿の胸に芽生え、彼は必死で両手を広げ、小野島に抱きついていった。

「触ってほしい。あいつが触ったところを……舐めたところを……」

「どこを触った？　どこを舐めた？」

小野島が困った様子であることは、その声から聞き取れた。

「身体中……胸とか、腿とか……」

性器とか、と言おうとし、ここで初めて卿は我に返った。

一体何を言っているんだ、自分は。何をわけのわからないことを頼んでいるんだ。

「あ……」

小野島相手に、一体何を——動揺していた卿の耳に、小野島の静かな、しかし思いのこもった声が響いた。

「わかった。任せろ。俺が忘れさせてやる」

「……っ」

その声を聞いた瞬間、卿の目に再び涙が溢れてきた。やたらと胸が熱く、込み上げる嗚咽を押さえ込むことができない。

「う……っ」

「泣くな」

卿の目尻を伝う涙を受け止めてくれたのは、小野島の唇だった。

「……っ」

温かい——そして優しい。

卿はいつしか目を閉じていた。小野島の唇が首筋をたどり、いつの間にかはだけさせられていた病院着の前を割るようにして卿の裸の胸へと辿り着く。

「あ……っ」

乳首を舐られ堪らず声を漏らす。

大臣にも同じことをされたが、感覚はまるで違う。その事実が卿の胸に、安堵《あんど》感を広げていった。

ちゅう、と優しく吸い上げ、舌先で転がすようにして愛撫《あいぶ》される。もう片方を優しく摘まれ、肌に塗り込むように弄られる。

「や……っ……ん……っ……」

自然と腰が捩れてしまう。そのことに卿は気づいていなかった。小野島の掌《てのひら》は優しく、慈しむように卿の身体を撫で回している。

その動きもまた、大臣とはまるで違った。自分の肌の上から大臣により与えられた行為が拭《ぬぐ》われていくような錯覚が卿の上に訪れる。

「あっ」

小野島の手が卿の下履きへとかかり、下着ごと引き下ろされた。露わにされた雄をその手が握り込み、ゆっくりと扱き上げてくる。

「あ……っ……あぁ……っ……あっあっ」

自分が高い声を上げている自覚が、卿にはなかった。だがその声が耳に届くとひどく安心できる気がした。

「もっと……あ……もっと……もっと……っ」

喘《あえ》ぐ合間に何度もねだる。もっともっと気持ちよくなり、頭の中を真っ白にしたい。いきたい。感じたい。

卿の頭の中は靄《もや》がかかったような感じで、思考は少しも働いていなかった。

「もっと……っ」

一段と高い声でねだった直後に、卿は自身の雄にとてつもない熱を感じ、いつしか閉じていた目を開けた。

「あ……っ」

卿の目に飛び込んできた光景は、己の雄を咥え、竿を扱き上げてくれている小野島の姿だった。

まさかそんなことまでしてくれるなんて、と一瞬卿は素に戻りかけたのだが、熱く絡まる小野島の舌による愛撫が、取り戻しかけた彼の理性を再び遥か彼方《かなた》へと飛ばしていった。

「あっ……あぁ……っ……あっ……あっ……」

小野島の口淫《こういん》はなんというか――巧みだった。同性ゆえ、感じるポイントを的確に突いてくる。加えて彼の口や舌の動きはとても優しかった。卿をただただいかせよう、気持ちよくさせようという意思が感じられるその行為を受け、最早耐えられないほど卿は昂《たか》まってきてしまっていた。

「もう……っ……あぁ……っ……もう……っもう……っ」

いく、と卿は仰《の》け反《ぞ》り、高く喘いだ。それを受け、小野島が竿を勢いよく扱き上げながら、尿道を硬くした舌で割ってくる。

「あぁっ」

強すぎる刺激に耐えられず、卿は達した。その瞬間頭の中が真っ白になり、意識が薄らいでいく。

「もう、大丈夫だ」

下肢のほうからごくり、と飲み下す音がした直後、卿の耳にあまりに優しい――優しすぎる、小野島の声が響いてきた。

「綺麗だ。本当に……」

優しい声と共に、優しい指が卿の髪を撫でている。

綺麗になった――もう、汚くはないんだ。

よかった――。

安堵の息を吐いた記憶を最後に、卿の意識は遠のき、そのまま彼は深い、そしてあまりに優しい闇の中に落ち込んでいってしまったのだった。

「卿さん、大丈夫ですか」

翌朝、卿が病室で目覚めたとき、目に飛び込んできたのは木下の心配そうな顔だった。

「……あ……」

一瞬、自分がどこで寝ていたのかがわからず、ぼんやりとした頭のまま周囲を見回していた卿だったが、次の瞬間、彼の頭に自分の身に起こった出来事が怒濤《どとう》のごとく蘇ってきて、思わず目眩《めまい》を覚え、再び目を閉じてしまった。

「大丈夫じゃない？　今、先生を呼びますから」

木下がナースコールに手を伸ばす。

「いや、大丈夫だ」

そのときには既に卿は落ち着きを取り戻していた。再び目を開き、手を伸ばして木下の腕を摑む。

「顔色、悪いですよ」

「大丈夫だ。それよりレベルト大臣は？」

無事に逮捕されたのか、と身体を起こし、勢い込んで問いかけた卿に対し、木下は厳しい目を向け、強い語調で責め立て始めた。

「卿さん、なぜあんな無茶をしたんです。下手したら死ぬところだったんですよ？　もう、石《いし》堂《どう》リーダーも宝井《たからい》課長もカンカンです。そりゃそうですよ。どうして命を大事にしてくれないんです。僕は……僕はもう……っ」

ここでいきなり木下が泣き出したものだから、卿はぎょっとし、思わず顔を覗き込んでしまった。

「ど、どうした？」

「『どうした』じゃないですよ……っ。卿さんが無事で本当に……本当によかった。もう、どうして無茶するんですよう」

号泣といってもいい泣きっぷりに、卿はただただ驚き、木下の肩を摑んで揺すってやることしかできずにいた。

「……すみません、取り乱しました」

　五分ほど泣いたら気が済んだのか、木下はようやく落ち着きを取り戻したようで、照れくさそうに頭を掻《か》きながら、その後の展開を教えてくれた。

「レベルト大臣ですが、今、取り調べを受けています。卿さんを殺そうとしていたところを踏み込まれた、いわば現行犯ですから、もう言い逃れはできないでしょうね」

「帰国予定は延びたんだな？」

「はい」

「大臣のスマホは回収したか？」

「はい。えげつない画像や動画が数多く保存されていました。今回の来日だけでも、六本木《ろっぽんぎ》のクラブの従業員にホテルのボーイ、それに……卿さんの三人もの被害者がいました」

「半年前の殺人事件に関してはどうだ？」

　小野島が追っていた、と問うた卿を前に、木下は一瞬、複雑そうな表情を浮かべたものの、すぐに、

「動画が保存されていました」

　と頷いた。

「そうか……」

よかった、と安堵の息を吐いた卿だったが、木下がじっと顔を見つめてくる、その視線に気づき、「なんだ?」と問いかけた。

「……卿さん、どうして単独で動いたんです? 僕にくらい、教えてくれてもよかったじゃないですか。一人で人殺しかもしれない大臣のもとに向かうなんて、危険すぎるでしょう? あまりにも無謀ですよ」

「……悪かった」

その点に関しては謝罪するしかない。結局迷惑をかけてしまったのだから、と卿は素直に頭を下げたあとに、なぜ単独で行動したかを説明した。

「ホテルのボーイの話を聞いて、大臣のスマートフォンを入手できれば証拠になるのではと思いついたんだ。幸い、大臣のメールアドレスはわかっている。だがこれは警護の仕事ではない。それだけに警護課のお前には協力を仰げなかった」

申し訳なかった、と頭を下げた卿に対し、木下が息を呑《の》んだ気配が伝わってきた。

「……卿さんが怪我を負わされたボーイに対して責任を感じてるってことはわかってましたけど……でも、無茶すぎますよ。警護課の人間に頼めないというのなら、どうして捜査一課の小野島巡査部長にも協力を要請しなかったんですか?」

責める口調に再度詫びかけた卿だったが、不意に出てきた小野島の名に戸惑いを覚え、思わ

ず、

「え?」

と問い返した。

「……小野島さんから警護課に、情報提供があったんですよ。卿さんが一人でレベルト大臣と面会しようとしているって。おそらく、ボーイへの傷害について問い詰めるつもりだろう。卿さんの身の安全が心配だ、と——。それで急遽《きゅうきょ》、大臣にコンタクトを取ることになったんですが、いるはずの客室に大臣はいない。外務省の役人は口を閉ざしている。というわけで、そこから捜査一課と警護課が一斉にホテルの客室を虱潰《しらみつぶ》しに当たっていったんです」

「そんな……大事《おおごと》に……」

思わず呟《つぶや》いた卿だったが、それを聞き木下が激昂《げっこう》することまでは予想できなかった。

「大事に決まっているでしょう! 卿さんの命がかかってるんですよ?」

「迷惑を……かけたんだな」

思わず溜め息を漏らす卿の脳裏に、責任をとり、辞めねばならなくなるかもしれない、という考えが過《よ》ぎった。

志半ばでの退職は当然本意ではない。だがそんなことも言っていられないような状態に今、自分は陥っているのかもしれない。

溜め息を漏らしかけた卿の耳に、

「迷惑どころか」

という明るい木下の声が響いた。

「大金星でしょう。警視総監から表彰されるかもしれませんよ」

「……いや、表彰されるべきは……」

そのとき卿が思い浮かべていたのは、小野島の顔だった。

昨夜の記憶が途切れ途切れに卿の頭に浮かぶ。

この病院に同行してくれたのは小野島だった。取り乱した自分の姿が次々と浮かび、やりきれないとしかいいようのない思いに陥った。

どうかしていたと思う。ああも取り乱した理由がわからない。そして——そんな自分に対し、小野島が為した行動の意味もまた卿にはわからなかった。

「……さん？　卿さん？」

呼びかけられ、卿ははっと我に返った。いつの間にか一人の世界に入り込んでいたことを反省し、卿は「ぼんやりしていた」と詫びると、改めて木下に問いかけた。

「しかし、小野島巡査部長の一言で捜査一課や警護課が動くとは。実力者、ということなのかな」

階級的には違和感があるが、と続けた卿に対し、木下が思わぬ答えを返した。

「バックがついているんですよ。山中《やまなか》警務部長」

「山中警務部長が？　どうして？」

問い返しながら卿は、もしや、とかつて同期の鈴木《すずき》から聞いた、小野島の父親の話を思い出した。

「『伝説の刑事』の息子だからか」

「そうです。よくご存じですね」

木下が意外そうに目を見開く。

「山中警務部長は小野島巡査部長の父親のもと部下だったそうです。それで息子の小野島正義《せいぎ》巡査部長にも特別目をかけているんだとか。捜査一課では公然の秘密だそうですよ」

「……なるほど。山中警務部長の命令なら、捜査一課も警護課も動かざるを得ないな」

そういうことだったのか、と卿は納得したが、そんな立場を小野島が甘んじて受けていることに、一抹の違和感は覚えた。いかにも権力には頼らないといったタイプに見えたためである。

「そうなんです。小野島巡査部長の評判が一部で悪いことも、なんとなくそのせいかな、と思いました。警視庁のトップに近い人間に目をかけられていることに対するやっかみっていうんですかね。確かに外見はアレだし、十代の頃はグレていたっていう噂《うわさ》もありますが、本人、交番からの叩き上げで、検挙率は高く、面倒見がいいので後輩には慕われています。暴力団との癒着というのもやっかみから出たガセなんじゃないかなと、彼のことを色々調べるうちにそう思うようになりましたよ」

「そうか……」

鈴木も同じようなことを言っていたな、と頷く卿の頭に、小野島の顔が浮かぶ。

彼もまた『伝説』の父と比べられることが多かったのだろうか。偉大すぎる父を持つ息子同士、改めて話をしてみたい、という願望が己の胸に沸き起こることに、卿は戸惑いを覚えていた。

話をしてみたい理由は果たしてそこにあるのか。聞きたいことは別にあるのではないか。頭の中でもう一人の自分の声が響いている。

自身をコントロールできないという経験を、卿は未だかつてしたことがなかった。本当に、どうかしていると密かに溜め息を漏らす卿の腕はいつしか、昨夜小野島が優しく抱き締めてくれていた己の身体をしっかりと抱いていたのだった。

8

精密検査の結果、異常がなければ卿《けい》はすぐにも退院し、職場復帰をするつもりだった。が、結果が出る前に病室を訪れた宝井《たからい》課長より、二週間の謹慎を申し渡されてしまった。

「具合はどうだ」

宝井が来たとき、病室には木下《きのした》がいた。

「課長」

慌てて立ち上がった木下を宝井がじろりと睨《にら》む。

「早く職場に戻るように」

宝井にそう言われては木下も口答えなどできようはずもなく、

「失礼致します」

と頭を下げると、名残惜しそうにしながら病室を出ていった。

「申し訳ありません」

卿もまたベッドから降りると、宝井に対し深く頭を下げた。

「まったく、君ともあろうものが何をしているんだ」

宝井の声に怒りが滲《にじ》んでいる。

「申し訳ありません」

言い訳をする気はなかった。自分のしたことは任務から逸脱している上、周囲に多大な迷惑をかけたとわかっている。

潔く辞表を書くべきかもしれない。宝井の怒りを隠せない顔を見たときから卿は、その覚悟を決めていた。

できることなら辞めたくない。しかしそうも言っていられないだろう。頭を下げたままそのようなことを考えていた卿の耳に、相変わらず怒りの滲んだ宝井の声が響いた。

「二週間の謹慎を命じる。その間に怪我《けが》をしっかり治し、体調を整えるように」

「……辞めなくてもいいのですか、私は」

まさか。その思いが卿に顔を上げさせた。

「辞めたいのか？」

宝井が卿と目を合わせ、そう問いかけてくる。その顔に笑みがあることに卿は安堵《あんど》の息を吐きそうになり、慌てて気持ちを引き締めた。

「辞めたくはありません……が、覚悟はしていました。どうもありがとうございます」

深く頭を下げ直した卿の肩を、宝井がぽんと叩《たた》いて顔を上げさせた。

「今回の一件は警察内に広く知られている。その……君がレベルト大臣にされたことも含めて、だ」

「………」

宝井が言いづらそうに告げた言葉に、卿は彼が暗に、今後は誰からも好奇の目で見られることを覚悟しろ、と言っていることに気づいた。

警護対象である大臣に犯され、殺されかけたのである。SPとしての能力を疑われても仕方がないと思え。そういうことだろう、と卿は思わず漏れそうになる溜《た》め息《いき》を堪《こら》え、一言、

「わかりました」

と答え、頭を下げた。

「マスコミが今回の件を騒ぎ立てるようなことはあるまいが、念のため、君にはここに一週間ほど入院してもらう。先ほど君の自宅に連絡を入れておいた。間もなくお母様がいらっしゃるだろう」

「あの……」

母にも状況を知られるのはつらい、という思いもあった。が、それ以上に気になることがあ

り、卿はつい、宝井に問い返してしまった。

「マスコミが騒ぎ立てないというのはどういうことなんでしょう。レベルト大臣は逮捕されたんですよね？」

卿の問いを聞き、宝井は一瞬、絶句、といっていいような素振りをした。が、すぐに咳払《せき》いをすると、敢《あ》えて作ったと思《おぼ》しき淡々とした口調で話し始めた。

「レベルト大臣は間もなくR国に帰国する」

「逮捕されたのに？　現行犯逮捕だったんですよね？」

そんな馬鹿な。驚きと憤りが卿に、普段なら決して忘れない礼節の心を失わせていた。

「なぜ帰国できるんです？」

「仕方がないだろう。政府の判断だ」

宝井が卿に対し、きっぱりそう言い捨てる。

「しかし」

いくら政府の判断でも、日本で犯罪を犯した者を罪も償わせずに帰国させるとは、と尚も憤った声を上げた卿は、返ってきた宝井の言葉を聞き、声を失ってしまったのだった。

「指示を出してきたのは君のお父上だよ。高光《たかみつ》君」

「……そんな……」

馬鹿な、と卿は思わず口走りそうになり、気づいて掌《てのひら》で口を塞《ふさ》いだ。

「R国と内々に話を進めたそうだ。R国でも以前からレベルト大臣の国外での行動は問題視されており、帰国後は大臣の職を取り上げた上で厳罰に処するという確約が得られたとのことだった。それゆえ帰国を認めてほしいという申し出を政府は受けたんだ」

「…………」

そんな、馬鹿な。卿の頭の中ではその言葉がただただ回っていた。衝撃が大きかったせいで足下がよろけ、すぐ後ろのベッドにどすん、と腰を下ろす。そんな彼に、尚もショックを与える言葉を宝井は非情にも告げ続けた。

「それに今回の逮捕の経過も問題となった。君が大臣に『会いたい』と仕掛けたメールも証拠として残っている。そもそも警察は囮《おとり》捜査を認められていない上、君は警護課のSPだ。捜査権限は最初からない。そこを突っ込まれては反論できるわけもなかった」

「…………申し訳……ありません」

自覚はあったが、それ以上に自分の行動が問題視されているという事実を突きつけられ、卿は力なく頭を下げた。

「……まずはゆっくり休め」

宝井はそんな彼に、一瞬の逡巡《しゅんじゅん》を見せたあと、柔和な笑顔を浮かべ、そう告げて部屋を出ていった。

静かに閉まるドアを卿は呆然《ぼうぜん》としたまま見つめていた。

レベルト大臣はR国に帰国してしまう。そのことに父が関与しているのが、卿にとっては何より大きな衝撃となっていた。

父は、納得したのだろうか。日本で人を殺し、人に怪我を負わせた罪人を、日本の法律で裁くことなく、自国に引き渡すということに、本当に父は納得したのか。

今、生まれて初めて卿は、父親に対する不信感を抱いていた。

『伝説』といわれるほど、すぐれた父親の統《おさむ》は、卿にとっては尊敬の対象でしかなく、父の言葉はすべて正しく、父の行動もまたすべて正しいというのが、子供の頃から変わらず抱いていた認識だというのに、ここにきて初めて卿は、父の行動に、その考えに疑問を抱いてしまっていた。

たとえ人格的に破壊されていようが、戦争などで大勢の人間の命を奪ったような相手だろうが、警護の対象となったからには自分の命に代えてもその人物を護る。それがSPという職業だ、という父のポリシーは、正しいと思うし、自分もそうありたいと日々精進を続けてきた。

だがいくら警護の対象であったとしても、日本で犯罪を犯したとしたら、その罪に目を瞑《つむ》るというのはおかしいのではないか。

命は守る。だが犯した罪は追及し、償わせるべきではないのか。それが殺人となればことさらである。

なのに政府はR国との取引に応じた。R国としても、外交目的で渡航させた大臣が、日本で犯罪を行ったなどということを公にしたくなかったのだろう。

果たしてレベルト大臣が自国で正当に裁かれるかはわからない。帰国させるための方便であるかもしれない。だが、R国で処罰されようがされまいが、そこは問題ではないのである。日本で犯した罪は、日本の法律で裁き、日本の刑罰を与える。それが正しい姿ではないかと思うのだ。

なのに――レベルト大臣の解放を求めてきたのは父だった。

父はどういう考えを抱いているのか。『伝説』のSPであった父は既に警察を辞め、政治家になっている。警察官としての正義はもう、その胸にないのだろうかと思うと哀しくなった。

父と話をしたい。卿は自身の携帯電話を求め、周囲を見回した。サイドテーブルに置いてあるのを見つけ、手を伸ばして取り上げる。

父の番号を呼び出し、かけてみた。呼び出し音が二回したあと、繋《つな》がる音がし、耳許《みみもと》に父の厳しい声音が響いてきた。

『卿か。今、どこだ？　病院か？』

「お父さん、どうしてレベルト大臣を帰国させたんですか」

いつもであれば父の問いに答えるより前に、自身が問いを発するようなことを、するはずがなかった。だが今日は気が急《せ》いていたこともあり、開口一番そう問いかけたのだが、耳に当てたスマートフォンから響いてきた父の言葉を聞き、卿は激昂《げっこう》してしまったのだった。

『迷惑をかけたと、謝罪の電話をしてきたのではないのか』

憮然《ぶぜん》とした父の声が終わらぬうちに、卿は思わず大きな声を上げていた。

「レベルト大臣を本当に帰国させたんですか？　あいつは人殺しですよ？　なぜ、日本の法律で裁かないんです？」

『落ち着け、卿。警察官たるもの、興奮して喚《わめ》き散らすようではいけない』

父の言葉はいちいち尤《もっと》もではあった。が、卿は今までのように素直に耳を傾けることができなかった。

「落ち着けません。お父さんはそれでいいんですか？　前職は警察官だったのに、レベルト大臣を帰国させるだなんて、犯罪者を野放しにするのと同じじゃないですかっ」

『言葉が過ぎるぞ、卿』

卿の耳に、今まで聞いたことがないほど厳しい、そして怒りのこもった父の声が響いた。

「……っ」

興奮が一気に覚め、卿は我に返ったものの、それでも自分の意見を曲げることはできないと、改めて父に訴えかけた。

「申し訳ありません。確かに言い過ぎました。それにお父さんをはじめ、宝井課長や他の皆に対し、多大な迷惑をかけた自覚も勿論《もちろん》あります。それでも僕は、大臣の罪を暴きたかったんです。半年前、彼は殺人の罪を犯しています。今回の来日でも彼に暴行を受け、大怪我をした若者が二人もいるんです。日本で行われた犯罪は日本で裁きたい。SPである以前に僕は警察官ですし、それ以前に一人の人間です。自分の代わりに大怪我をした若者が権力を前に泣き寝入りするのを見過ごすことができなかったんです」

卿の訴えを、父は無言のまま聞いていた。卿が喋《しゃべ》り終えたあと、暫《しば》しの沈黙が流れる。

「お父さん……」

だが卿がそう呼びかけると父は、抑えた溜め息を漏らし、こう告げて電話を切った。

『お前は政治というものがわかっていない。少し頭を冷やせ』

「お父さん！」

呼びかけたが卿の耳にはただ、ツーツーという音のみが響いていた。

「……………頭はもう……冷えてます……」

電話を切り、卿はそう呟《つぶや》くと、はあ、と大きく息を吐き、そのままベッドに仰向《あおむ》けに横たわ

った。

天井のいびつなシミを見上げる卿の目から、一筋の涙が流れる。

なぜ、泣いているのか。卿自身、よくわかっていなかった。悔しい、という思いが一番胸の内を物語るに相応《ふさわ》しいとは思ったが、何に対する悔しさなのかとなると、はっきりこれと指摘することはできなかった。

いや、『できなかった』のではなく『したくなかった』——それが正しい、と卿は両目を掌で覆った。

少しの迷いもなく、父を尊敬し続けてきた。父が過ちを犯すなど、考えたこともなかった。父の行動や発言が、果たして『過ち』であるかはわからない。自分のほうが間違っているかもしれないが、どちらにしても卿は生まれて初めて、父との意見の相違を目の当たりにし、どうしたらいいのかわからなくなってしまったのだった。

恥ずかしいことに自分は今の今まで、親離れができていなかったということかもしれない。来年三十を迎えようとしている自分が、親離れできていなかったという事実に、卿は打ちのめされていた。恥ずかしいにもほどがある。だが、羞恥《しゅうち》に塗《まみ》れている場合ではない、と卿はすぐさま涙を拭《ぬぐ》い、身体を起こした。

大臣はまだ、帰国の途には就いていない。それならまだ、何かやれることはあるかもしれない。空港に向かおう、と卿は仕度をするべく、ロッカーを開けた。が、そこには何も入っておらず、それなら、とこれからここに来るという話だった母親に、スーツを持ってきてもらうよう頼もうと再びスマートフォンを取り上げた。

　母の携帯を呼び出し、応対を待つ。と、そのときドアがノックされ、開いたそのドアから見覚えのある男が顔を出した。

「清水《しみず》君……」

　同じSPの後輩、清水が卿に向かい、ぺこりと頭を下げると、おずおずとした口調で彼のいる理由の説明を始めた。

「あ、あの……僕的には不本意なんですが、宝井さんから高光さんを、その……見張るよう、命令されていまして……」

「見張る？」

　眉《まゆ》を顰《ひそ》めた卿を前に、清水は消え入りそうな声で「すみません」と詫《わ》びつつも、しっかりした口調でこう言葉を足したのだった。

「はい。決して高光さんを退院まで病院から出すなと……少なくともレベルト大臣が日本を発《た》つまでは決して病院から出してはいけないと、そう指示を受けていますので」

「……君はおかしいとは思わないのか？　大臣は日本で罪を犯した。なのに裁きも受けずに帰国しようとしている。おかしいだろう?」

「思います。何より高光さんを酷《ひど》い目に遭わせてるんですから。勿論思いますけど……」

でも、と清水は目を伏せ、ぼそりとこう呟いた。

「どうしようもないです。命令ですから……」

「そうか……」

確かに——『どうしようもない』。自分が今、空港に駆けつけたところで、再びレベルト大臣を逮捕できるわけもなく、彼の帰国を見送る以外にないことは、卿にもよくわかっていた。

「……申し訳ありません……」

清水が小さな声で詫び、そっとドアを閉める。ドアの外に同僚のSPがいるとなれば、病院を抜け出すことなどできない上、抜け出したところで何もできないのだ、と自覚させられた卿の口からは深い溜め息が漏れていた。

「……申し訳ない……」

意識せぬうちに、唇から謝罪の言葉が零れる。

誰に対する謝罪かといえば、その人物は再び卿が目を閉じた彼の瞼《まぶた》の裏にしっかりと刻まれていた。

小野島《おのじま》巡査部長——半年前から彼は、レベルト大臣を追っていた。きっと政府から妨害も入ったたろう。今回これだけ関与があったのだから、前回もまたそうであったことは想像に難くない。

なのに彼は大臣を追い続けた。そして今回、執念の逮捕となった。ようやくレベルト大臣を起訴できるところだったのに、またも政府の横槍《よこやり》が入った。

しかも入れてきたのは——自分の父なのである。

「……申し訳なかった……」

謝罪したい。卿は切にそれを願った。が、どの面を下げて謝りに行けばいいかと迷わずにはいられなかった。

何より、今は病院を出ることができない。

それを言い訳にしている自覚が、卿にはあった。情けない、とそんな自分に対する嫌悪の念から逃れる術《すべ》はなく、卿は再び両目を掌で覆い、大きく息を吐いた。

込み上げてくる涙を掌で押さえつける。

これから来る予定の母の到着前には、涙を止めておかねばならない。今も充分心配しているだろうに、これ以上心配させるわけにはいかないから。

そう自身に言い聞かせる卿の脳裏には、小野島の顔が浮かび続け、その幻が失せるまで卿の目からは涙が溢《あふ》れ続けたのだった。

一週間後、予定どおり卿は退院したが、自宅に戻りはしなかった。滅多にないことだが、帰宅する可能性がゼロではない父と顔を合わせることを避けたのである。

母は心配したが、卿は、一週間、自宅近くのホテルに宿泊すると決め、その旨を宝井にも報告した。

宝井は難色を示したが、卿が父と顔を合わせたくないのだと告げると納得してくれたようで、ホテルから極力出ないようにという指示を与えただけだった。

この一週間というもの、母は毎日卿の病室を訪れ、あれこれと世話を焼いてくれた。卿がレベルト大臣に犯され、殺されかけたことが母の耳に入っていることは明白であるのに、そのことを決して彼女が口にしないことに逆に、卿はやりきれなさを覚えていたのだった。

ホテル暮らしは快適だった。何者にも邪魔をされず、何者の視線をも気にすることなく過ごせることに卿は心から安堵した。

だが二日も経つと、落ち着かない気持ちが込み上げてきて、居ても立ってもいられなくなった。

まだ自分は、謝罪すべき相手に謝罪できていない。

しかしその相手とどうやってコンタクトを取ったらいいのか、その術を卿は思いつかず、その後二日が過ぎた。

警視庁の前で待ち伏せをするか。しかしそれでは人目に付きそうである。なんとかメールアドレスか、携帯電話の番号を知ることはできないか、と考えた結果卿は、木下を頼ることにした。顔の広い彼であれば、なんとかしてくれるに違いないと思ったのである。

『小野島巡査部長の携帯番号ですか？』

どうしてまた、と不審そうに問いかけてきた彼に卿は、嘘《うそ》ではない答えを返した。

「危機を救ってもらった礼を言いたい」

卿の言葉を聞き、木下は何か言いかけたものの、『わかりました。調べてみます』と言い、電話を切った。

その木下から連絡が入ったのは、それから三十分後のことだった。

『わかりました。携帯の番号と、あと、行きつけのバーが』

「行きつけのバー？」

問い返した卿に木下は、

『もと刑事がやってるバーなんですが、かなりの頻度で小野島さんが通ってるそうです』

と答えたあと、言いづらそうに言葉を足した。

『でもあのなんていうかそこ……ゲイバーみたいです』

「……ゲイバー……」

ということは、と卿が確かめようとするより前に、木下が慌てた様子で言葉を足してきた。

『あ、でも小野島巡査部長がゲイってわけじゃないみたいです。その店のオーナーに小野島さんが世話になったからみたいですよ。贔屓《ひいき》にしてやってる、そんな感じらしいです』

「そう……か」

小野島がゲイであるかどうか、卿には実は興味があった。記憶は霞《かす》んでいるものの、縋《すが》った自分を抱き締め、求めるがままの行為を与えてくれたことはさすがに覚えている。

忘れることのない記憶の、その物語る意味を是非とも本人に確かめたい。この十日あまり、卿はそれだけを考えていた。

「両方、教えてもらえるか?」

卿の依頼を聞き、木下はまた何かを言いかけたものの、すぐ、

『わかりました』

と答えてから、小野島の携帯番号と、新宿《しんじゅく》二丁目にあるという行きつけのバーの名前と電話番号を教えてくれたのだった。

卿はまず、小野島の携帯に電話をかけてみた。が、留守番電話に繋がったため、何か伝言を残そうかと思ったが、結局残すことなく電話を切った。

夜になり、卿は迷った結果、小野島の行きつけのバーに行ってみることにした。留守電に伝言を残したほうがどれだけ会える確率が高いかわからない。それでも卿は、伝言を残すよりも二丁目のバーを訪れるほうを選んだのだった。

ネットで店名を入れると、詳しい住所がわかった。店のレビューは殆《ほとん》ど上がっていない。だからこそ、小野島が通っているのだろう。

果たして今日、小野島が店に来るかはわからない。それでも、と卿は仕度をし、開店時間に合わせ、小野島が常連となっている店へと向かった。

新宿二丁目の外れにあるその店は、注意していないと見過ごしてしまいそうな、小さな看板の店だった。

店に足を踏み入れた途端「いらっしゃい」という野太い声が卿を迎えてくれた。開店したばかりなので、店内に客はいない。

「あら、ウチ、はじめて？」

問うてきたのは、骨太い印象のあるバーテンダー風の中年男だった。

「あの」

木下からの情報によれば、彼が店のオーナー、瀬名《せな》もと警部補であるに違いない。

「綺麗な子ね。お堅い職業についている……って感じがするわ。それにゲイって感じもしない。なに？　何しにきたの？」

訝《いぶか》しげに眉を寄せ、問いかけてきた彼に対し、卿はポケットから手帳を取り出し示してみせた。

「高光と申します。小野島さんにお会いしたいと思いまして」

「正義《せいぎ》に？」

ますます訝しげな顔になりはしたものの、中年男は、どうぞ、というように顎《あご》をしゃくり、卿をカウンターへと導いた。

「何を飲む？」

「……では、バーボンの水割りを」

この手の店で何を注文するのが『当たり前』なのかわからなかったので、卿はいつも好んで飲む酒を告げた。

「あなたも刑事課なの？」

酒の用意をしながら、中年のマスターが卿に問いかけてくる。

「いえ、警護課です」

「警護課……SPね」

マスターは頷《うなず》いたあと、あら、という顔になり、まじまじと卿の顔を見つめてきた。

「SPで高光……って、もしかして、伝説のSPの息子？」

「……よくご存じで」

『伝説』と呼ばれるだけあり、卿の父は広く警察官に知られていた。が、まさか彼もそうなのか、と感心した卿を前に、マスターがへえ、と彼もまた感心してみせる。

「噂《うわさ》には聞いていたけど、ほんと、美人ねえ。お父さんもイケメンだったんでしょ？　その伝説の息子が、正義になんの用があるんでしょ。めっちゃ興味あるわぁ」

タン、と卿の前にグラスを置いたマスターが、まさに興味津々《しんしん》、という顔で卿の目を覗《のぞ》き込んできた。

「随分と世話になったので、礼を言いたいと思いまして」

「お礼？　SPが捜査一課の刑事に？」

マスターが尚も訝しげに眉を顰める。追及されるばかりでは分が悪い、と卿はマスターに問いかけてみることにした。

「あなたももと警察官だと聞きました。小野島さんとは現職中から面識があったんですか？」

「あたし？　なんだ、よく知ってるわね。そう、半年前まで捜査一課にいたのよ。ちょっとしたトラブルに巻き込まれちゃってね、それで警察を辞めたの」

「トラブル、ですか」

半年前、といえばレベルト大臣が男娼を殺した時期と一致する。もしやその件か、と卿が尚も問いかけようとしたとき、背後で店のドアが開く音がした。

予感を胸に卿がドアを振り返る。

「いらっしゃい。お待ちかねよ」

マスターが声をかけた相手は——店に足を踏み入れたのは、卿が会いたいと願い続けていた小野島だった。

「どうも……」

なんと挨拶《あいさつ》していいかわからず、卿は取りあえず彼に対し、頭を下げた。

「……驚いた……」

呟くように告げられた小野島の声に拒絶の色がないことに、なぜ、こうも安堵しているのか。その理由は既に己の知るところだというのに、意識的に卿は気づかぬふりを貫いていたのだった。

9

「退院したんだな」

スツールの隣に座った小野島《おのじま》は、ハーパーのロックを注文したあと、ぽつり、と卿《けい》に問いかけてきた。

「ああ」

「それはよかった」

小野島がそう言ったとき、グラスが彼の前に置かれたこともあって、彼はグラスを取り上げると、乾杯、というように卿に向かい掲げて寄越《よこ》した。

「ありがとうございます」

頭を下げた卿は今こそ詫びるときだと、改めて小野島に対し深く頭を下げた。

「本当に申し訳ありません」

「何がだ？」

小野島に謝罪される心当たりはなかったらしく、戸惑った声を上げている。

「レベルト大臣のことです。現行犯逮捕だったにもかかわらず、帰国を許してしまい……本当に申し訳ありませんでした」

謝って済むことではない。だが謝らずにはいられない。それで深く頭を下げた卿だったが、耳に響いてきたのは、戸惑っているとしかいいようのない小野島の声だった。

「お前が詫びる意味がわからない。政府判断で帰国が決定したと聞いているが、その判断にお前が関与したというのか？」

「いえ、僕は関与などできるはずがありません。ただ、父は関与していたと思います」

「父？」

問い返してきてから小野島は、卿の言いたいことを察したらしく、なんだ、と苦笑してみせた。

「『伝説』がかかわっていると？　それは初耳だったな」

「……本当に、申し訳ありません」

尚《なお》も深く頭を下げた卿の肩を、小野島がぽんと叩く。

「ある意味、予想どおりではあったよ。R国の新資源は我が国にとって魅力的すぎる。たとえお前の父親が絡んでなくとも、同じ結果になったと思うぞ」

「……しかし……あなたは執念を抱いていたんじゃないですか？」

半年もの間、と問いかけた卿に小野島が「まあ、そうだな」と苦笑してみせたあとに、

「でも」

と言葉を続ける。

「実際、レベルトはR国に帰国後、大臣の職を解かれたと聞いた。裁判も行われるらしい。あのままだとおとがめナシだっただろうから、達成感はあるよ。ありがとな」

「……礼を言ってもらえるようなことを僕は何もできていません」

卿の言葉を、小野島が首を振って否定する。

「お前はよくやってくれた。心から感謝している」

「その言葉を……受け止める資格がありません……」

僕には、と続けた卿の目には、泣くまいと思っていた彼の意思に反し涙が滲んできてしまっていた。

「なぜだ？　素直に感謝されていればいいだろ？」

小野島が不思議そうに目を見開く。

「……あなたは……」

卿は小野島に問い質《ただ》そうとし——自分が彼に何をもっとも問いたいのかということに、当然

気づいてしまっていた。

だがそれを口にすることはできない、と唇を嚙《か》んだ彼に、ここでなぜか店のマスターが口を挟んできた。

「ねえ、もしかしたらあなたって、ツンデレ？」

「は？」

意味がわからない、と問い返した卿の声に被せ、小野島の苛立《いらだ》った声が響いた。

「口、出すなよ」

「あら、なんで？　あんたもこの美人ちゃんも言葉が足りないみたいだから、アタシがフォローしてあげようと思ったんだけど」

「そういう『余計なお世話』が警察クビになる原因となったんだろ？」

「あら、ヤなこと言うわね」

マスターがあからさまなほど、嫌な顔になる。

「アタシが警察辞めた理由は、八割方ゲイばれだからね。後ろ暗いところがない分、口、出すわよ」

「カンベンしてほしいな」

小野島が苦笑し、なあ、というように卿を見る。

「ゲイだと警察を辞めなければならなかったんですか」

そんな話は聞いたことがない、と眉を顰める卿を見て、マスターが、

「世間知らずねえ」

と呆《あき》れた声を上げる。

「ゲイだからっていう理由だけじゃないのよ。世間体が悪い要因はすべてチェックされるわ。でもまあ、仕方ないわよね。警察官は『公僕』ですもの」

肩を竦《すく》めてみせたマスターが警察を辞めた理由に、卿は違和感を覚えた。

「そんな横暴が許されるんですか」

「許されるケースもあるってことかしらね。警察はほら、縦社会だから」

「しかし」

やはり納得できないと言い返そうとした卿だったが、横から小野島に、

「事実は変えようがないだろう」

と諫《いさ》められては何も言えなくなった。

「アタシが警察クビになったことより、あんたたち、話すこと、あるんじゃないの？」

マスターにまで話題転換を促され、確かにそのとおり、と卿は話を戻した。

「……とにかく、一度お詫びしたいと思い、こうして伺いました。本当に申し訳ありませんで

した」

深く頭を下げたあと、卿はスツールから降りた。

「それでは失礼します。おいくらですか？」

「あら、もう帰るの？」

マスターが残念そうな声を出す。

「はい、謹慎中なので」

卿はそう言うと再び「おいくらですか？」とマスターに問うた。

「待てよ」

そんな卿の腕を、小野島が摑《つか》んでくる。

「なんです？」

振り解《ほど》こうとしたが、小野島の腕の力は思いの外強かった。

「謝りに来た……それだけか？」

卿の目を覗き込むようにし、小野島が問いかけてくる。

「…………」

そうだ、と頷きかけた卿だったが、なぜか頷くのを躊躇《ためら》い、真《ま》っ直《す》ぐに小野島の目を見返した。

「他に言いたいことがあるんじゃないか?」

問いながら小野島が、尚も強い力で卿の腕を掴む。

「……いえ……」

首を横に振り、答えるその声が酷く掠《かす》れてしまう。己を真っ直ぐに見つめる小野島の目から、視線を外せなくなっていた卿はその小野島に微笑《ほほえ》まれ、はっと我に返った。

「俺はある。行こう」

小野島はそう言ったかと思うと、彼もまたスツールから降りた。

「悪い、ツケといてくれ」

二人分、と小野島がマスターに声をかけ、マスターが「了解」と微笑む。

「いや、払います」

慌てて卿はそう言い、財布を出そうとしたが、そのときには小野島に腕を引かれ、ドアへと向かわされていた。

「奢《おご》るよ」

「奢られる理由がない」

「俺が奢りたい。それが理由さ」

言い合いをしている間に卿は小野島と共に店を出て、大通りへと向かっていた。

「どこへ行くんです？」

「俺の家」

「家？」

　どうして、と足を止めかけた卿を、小野島が振り返る。

「誰にも聞かれたくない話をしたいんだ」

　そう告げる小野島は、卿をちらと見ただけですぐに視線を逸《そ》らせてしまった。

「………」

　卿の脳裏にあの日のことが――運び込まれた病室で彼に縋ったあの日の光景が蘇《よみがえ》る。

『上書きすればいいんだな？』

　あのときなぜ彼は、自分が望んだとおりの行動をしてくれたのだろう。

『望んだとおりの行動』と、思考の中でもぼかしていたが、今や卿の肌には小野島の優しすぎる掌の感触が、唇の温もりが蘇ってきてしまっていた。

　前を歩く小野島の背に、問いかけたくなる。

『どうして――』

　その答えを聞くために、小野島を探していたのかもしれない。

　勿論、謝罪もするつもりだった。だがどちらの気持ちが大きいかとなれば、と、自身の心と向き合いながらも、卿の目は小野島の背を見つめ続けていた。

振り返ってほしい。念じていたのが通じたのか、小野島がまた、ちらと卿を振り返る。

「……大丈夫だ。何もしない」

少しの躊躇《ちゅうちょ》を見せたあと、小野島はぼそりとそう呟き、また前を向いてしまった。

「……そんなことを……」

考えているわけではなかった、と続けようとしたが、最早小野島は自分の言葉に耳を傾けていないのがわかったため、最後まで続けることはできず、語尾が曖昧《あいまい》になった。

小野島は自分が、臆していると思っているのだろうか。『大丈夫』と告げた、その意図を卿は慮《おもんぱか》ってしまっていた。

自身にも説明のできない感情の高ぶりを抑えるのに苦労している。沸き起こっているのはどのような感情なのか。今、自分は嬉《うれ》しいのか哀しいのか安堵しているのかそれとも焦燥感を抱いているのか。

一つとしてそれらしい答えが出ないことに苛立ちが募る。なぜ、そのように苛ついてしまうのか。その答えは自身の中にある。それがわかって尚、卿は自分の胸の内を覗くことを躊躇してしまっていた。

なぜそうも臆病になってしまうのか。理由がわかるだけに卿はその答えを出すことを敢えて避けた状態で、無言で足を進める小野島の背を追ったのだった。

靖国《やすくに》通りに出たところで小野島はタクシーをつかまえ、卿と共に乗り込んだ。車中、会話が生まれない。車窓から見える、後方に流れる街灯の光を目で追いながら卿は、小野島の心中を予想しようとしたが、材料がなさすぎるのと、あまりに自分にとって都合のいい解釈をしてしまいそうなことがわかるだけに早々に思考を打ち切り、まるで違うことを考えようとした。

「あの店の常連だそうですね」

答えはイエスであると既に知っている。問うまでもないことを問いかけてしまった気まずさを覚え、黙り込んだ卿に対し、小野島は言葉少ないながらも答えを返してくれた。

「ああ。世話になった先輩の店だ」

「本当はどういった理由で警察を辞められたのですか」

だがその問いには小野島は「まあ……色々だ」と言うのみで答えを教えてはくれなかった。

四谷《よつや》三丁目あたりで小野島はタクシーを停めた。独身寮に入っているわけではないのかと思いながら卿は、小野島に続いてタクシーを降り、料金を支払った彼に対し、

「半分出します」

と千円札を渡そうとした。

「ああ」

小野島は千円を受けとったあと、釣りを返そうというのかスラックスのポケットを探った。

「いいです」

釣り銭を貰うにしても少額なので、と卿が告げると小野島は「そうか」と言い、その後は二人の間に沈黙が続いた。

タクシーを降りてからワンブロックほど歩いたところに、小野島のアパートはあった。お世辞にも『瀟洒《しょうしゃ》』とはいえない、木造二階建てのアパートの一階の一番手前が彼の部屋だった。

「散らかってるが」

そう言われたが、ドアを開いた室内は案外片付いていた。

『片付く』というより、圧倒的に物がない。１ＤＫではあったが、目立つ家具はパイプ式のベッドと小さなダイニングテーブルに椅子《いす》、という程度だった。

「シンプル……ですね」

他に言いようがなく、そんな感想を告げた卿を、小野島が苦笑しつつ振り返る。

「物は言いようだな」

小野島は苦笑したあと、座ってくれ、と一脚しか椅子のないダイニングテーブルを目で示した。

「何を飲む？」

「おかまいなく」

「飲まないと話しにくいんだ」

小野島はそう言うと、冷蔵庫を開け銀色のラベルの缶ビールを二缶取り出し、一つを卿に差し出してきた。

「ありがとうございます」

礼を言い、前に立つ小野島がプルタブを上げるのに合わせ、卿もまたプルタブを上げ、乾杯、というようにビールを差し出してきた小野島に対し、彼もまた缶を差し出した。

軽くぶつけてから、お互い、ごくごくと飲み干す。

必要以上に、一気に近い形になってしまったのは、お互い、どう切り出すかを迷っていたためだと思われた。

「……悪かった」

先に会話の口火を切ったのは小野島だったのだが、彼が何を謝罪しているのかがわからず、卿は戸惑いの声を上げてしまった。

「……何がです?」

素でわからず、問い返した卿に対し、小野島はなぜか、少しむっとした顔になった。

「え?」

謝罪を受け入れなかったというわけではない。何に対する謝罪かと問うただけなのに、何を怒るのか、と眉を顰めた卿だったが、返ってきた答えの意外さに、またも戸惑いの声を上げてしまった。

「だから……あのとき、お前を、その……なんだ。抱く、というか、そういうことをしてしまったことに対して、ずっと謝りたいと思っていたんだ」

「どうして……あなたが謝る必要が? 謝るべきは僕だろう」

「それは違う」

卿としては当然のことを言ったまでだったというのに、小野島はきっぱりと否定してみせ、卿から声を奪った。

「お前は通常の状態ではなかった。本来なら俺は止めなければいけない立場だった。なのに……」

ここで小野島も言葉を途切れさせたため、沈黙が二人の間に流れた。

「……でも……」

動揺が大きかった卿ではあるが、ようやく自分を取り戻し、言葉を発することができた。

「確かに、普通じゃなかった。でも、僕としては……」

救われた、と告げようとした卿だったが、その理由を問われたときに答えるべき言葉を持たず、ここで黙り込んでしまった。

「本当に申し訳なかった」

沈黙をどうとったのか、小野島は再び謝罪の言葉を口にし、深く頭を下げて寄越《よこ》した。

「ですから……」

謝罪の必要はない。かえって罪悪感が煽《あお》られる。それで卿はきっぱりと、謝罪を退けようと口を開いた。

「あれは僕が望んだことです。僕はあなたに抱いてほしかった。だから頼んだんです。あなたに謝ってもらう必要はまったくありません」

「……え……?」

今度は小野島が戸惑いの声を上げたのだが、卿はその声を聞き、自分が何を言ってしまったかを悟ったのだった。

「俺に……抱いてほしかった……?」

「あ……」

己の発言に改めて気づいた卿は、再び声を失ってしまった。

「……本当か？」

小野島が掠れた声で問いかけてくる。

「あ、いや……」

改めて問われると、自分の発言の重さに卿は気づき、またも声を失った。

小野島が再び、卿に問いかけてくる。彼の眼差《まなざ》しは酷く真剣で、瞳には強い光が宿っていた。

「俺に抱いてほしかった？」

抱いてほしかった——もし、あの場にいたのが木下だったら？　触ってほしい、抱いてほしいと自分は懇願しただろうか。

おそらくしなかった。小野島だったからこそ、縋ったのだ。自覚したと同時に卿の頬には血が上ってきてしまった。

「……なあ？」

黙り込んだ卿に向かい、小野島がおずおずと声をかけてくる。目を合わせていることすら恥ずかしくなり、卿は思わず俯《うつむ》いた。

「俺は……」

小野島が何かを言いかけたあと、口を閉ざし、ビールを一気に呷《あお》る気配がした。カタン、と空になった缶がテーブルの上に置かれ、その缶を離した彼の手がゆっくりと卿の頬へと向かってきたのが、俯いた卿の視界を過《よ》ぎった。

くる。予測し、身体が強張《こわば》る。それは嫌悪からではなく、期待からだった。指先が卿の頬に触れる。微《かす》かに震えている小野島の指は、細くて長く、とても美しかった。

あの指先が触れてくれた。自身の身体をあますところなく。病室での行為を思い出す卿の喉《のど》が、ごくり、と鳴った。

唾《つば》を飲み込むその音が、やたらと淫靡《いんび》に響いてしまったことに卿は動揺したあまり、つい顔を上げてしまった。

「あ……」

途端に真っ直ぐ己を見つめていた小野島と再び目が合う。

「言っちゃなんだが、最初の印象は悪かったんだ。偉そうだな、と……」

暫しの沈黙のあと、小野島が考え考え喋り出す。言いにくそうに告げられた言葉を聞き、卿は思わず笑ってしまった。途端に少し安堵したような表情を浮かべた小野島を見て、今の言葉は自分をリラックスさせるための軽口か、と気づく。

そうした人の気遣いに触れた場合、普段の卿なら、それが目上の人間であれば申し訳ないと思い、目下の人間であれば無駄な気遣いを、と苛立ちを覚えるのが常だった。あまり他人に気を遣われるのが好きではない卿であるのに、小野島の気遣いだけはなぜか微笑ましく――そして嬉しく感じるのを不思議に思った。

「名前を聞き、あの『伝説』の息子かとわかったときには意味もなく反感を抱いてしまった。我ながら大人げがなかったと反省している。俺自身、偉大すぎる親父と比べられることに辟易《へきえき》としていた時期があったものだから。今は一周回って尊敬しているが」

ここで小野島は言葉を句切り、少し照れたように笑った。

「なんの話をしてるんだか」

小野島が自身のことを語るのを聞くのは初めてだった。彼のことを知りたい。その心情も、そして――自分をどう思ってくれているのかも。その思いが卿の口をついて出る。

「いえ……聞きたいです」

「…………」

小野島はそんな卿を見てふっと笑うと、再び考え考え、話し始めた。

「お前のことを最初は、親離れできていない優等生だと、そう誤解していた。だから己の代わりに怪我を負ったボーイのために、身の危険を覚悟しつつ大臣のところへと向かおうとしたお前の姿を見たとき、自分が色眼鏡《めがね》でお前を見ていたことに気づき、恥ずかしくなった」

「……いや……」

親離れできていない優等生――その評価は正しかった。なんの疑いもなく父を尊敬し、父のようなSPになりたいと願っていた自分を目覚めさせてくれたのはあなたなのだ、と告げようとした卿を尚も真っ直ぐに見つめ、小野島が口を開く。

「あのときお前が『自分の目で見て自分の頭で考えろと言っただろう』と言ったのを聞き、俺の言葉がお前の心に刺さったのかと、それが嬉しかった。なぜ嬉しいのか、答えはすぐに見つけたよ。お前に強烈に惹《ひ》かれるものを感じていたからだ」

「え……どこに？」

照れくさそうに告げられた言葉に、卿は思わず小さく声を上げてしまった。

惹かれていた――自分に？　どういったところに。思い返すに、彼の前では、自分は怒鳴ったり怒ったりしてばかりいたように思う。そうじゃなければ馬鹿にされたり、だったが、と首を傾げた卿を見て、小野島はますます照れくさそうにしつつも、ぽつぽつと『どこに』という卿の問いに答えてくれた。

「クールに見えて、実際は熱い。常に冷静でいるような澄ました顔をしているのに、思い立ったら動かずにはいられない、破天荒なところがある。そのギャップにまずやられた。ああ、誉《ほ》めてるんだぞ？」

卿が微妙な顔をしたのがわかったのか、小野島が慌ててフォローの言葉を口にする。

「そうでしょうか」

「ああ、そうだ。だが一番惹かれた部分は、なんというか——同じスピリッツを感じたからだ。どんな圧力がかかろうとも犯罪を摘発せずにはいられない。それを目の前で行動で示されたときに、完全に恋した。お前に」

言いながら小野島が、卿の頬を包む手に少し力を込め、じっと目を見つめてきた。

「お前は……高光君は、どうだ？」

『お前』という呼び方はよくないと、今更ながら思ったらしく、小野島が卿を名字で呼びかける。

「……卿、でいいです」

名字はなんだか萎《な》える。名を呼んでほしいと告げる自分が、なんだか信じられなかった。そんな卿だったが、小野島が少し躊躇した素振りを見せたあとに、甘い、としかいいようのない声で、

「卿」

と呼びかけてきたとき、またも頬に血が上るのを堪えることができなくなった。

呼び捨てにされるとは思わなかった。またも羞恥から俯《うつむ》きそうになる卿の頬を掌で包むようにして上を向かせ、小野島が相変わらず照れた口調で話しかけてくる。

「俺のことは『正義』でいい」

「正義……さん」

階級は下だが、年齢は上であることを知っていたので、呼び捨てを躊躇《ためら》った卿を前にし、小野島がますます照れた顔になった。

「『さん』づけというのは……くるな」

「くる？」

どういう意味なんだろう、と問いかけた卿の頬を包む小野島の手に力がこもったのがわかった。

「今すぐ、キスしたいって意味だ」

「それは……」

思いもかけないことを言われ、卿は狼狽《ろうばい》し、視線を外した。

「いやか？」

言いながら小野島が卿に覆い被《かぶ》さり、唇を近づけてくる。

もし、少しでも拒絶をすれば小野島はすぐに身体を起こし、自分から離れていくだろう。頬に当たる彼の指先から、緊張感が伝わってくる。

どうしよう、という迷いは、既に卿にはなかった。

強烈に惹かれるものを感じた——小野島は先ほどそう告げたが、自分もまた、小野島に対し、同じ想いを抱いていた。

第一印象は卿にとっても、最悪だった。だがレベルト大臣の事件を通じ、彼の、相手の身分などにはまるでかまわず犯罪者を徹底的に追及するブレのない信念に惹かれていく自分を抑えられなくなっていた。

彼もまた、『伝説』の父を持つと知ったときには、共通点を嬉しく思った。どういう気持ちで父親とかかわっているのか、話を聞きたいと思った。

父親に関することだけではなく、とにかく小野島のことを知りたいと願った。この気持ちは間違いなく——恋だ。確信が卿の瞼を閉じさせキスを受け止める準備を整えさせる。

触れるか触れないかという直前で、小野島の唇がなぜか止まった。息がかかるほど近いところに彼の唇があるのがわかる。

躊躇の理由を考えた卿は、すぐに答えに到達し、解決すべく口を開いた。

「僕も……あなたが好きです」

まだ自分の気持ちをきちんと告げていなかった。告げた瞬間、小野島がふっと笑う気配が伝わってきた直後に、唇に温かな彼の唇の感触を卿は得ることができたのだった。

「ん……」

　優しく卿の唇に触れた彼の唇が、再び卿の唇に触れたときには熱っぽいものに変じていた。貪《むさぼ》るような獰猛《どうもう》なキスに卿の身体は一瞬引きかけたが、気づいた小野島がキスを中断しようとしたのがわかると、自ら彼の首に両腕を回しそれを制してしまっていた。

「……なあ……」

　それでもキスを中断した小野島が、どうしてやめてしまうんだ、という思いから目を開いた卿を真っ直ぐに見つめ、問いかけてくる。

「ベッドに行かないか?」

「………」

　小野島の息が卿の唇にかかる。ぞく、と背筋を上る感覚が悪寒などではない自覚を、充分に卿は抱いていた。

「……はい」

　頷く自分の声が、上擦っているのが恥ずかしい。それでも卿は今度は目を伏せることなく小野島を見つめ続け、微笑む彼の笑顔が嬉しそうであることを確かめた。

「行こう」

　小野島が身体を起こし、卿に向かい右手を差し出してくる。その手を取る己の指先が酷く震えている。こんなに緊張することは生涯で初かもしれない。そう思いながら卿は小野島の手をしっかりと握り、小野島もまたしっかりと握り返してくれることにこの上ない喜びを覚えたのだった。


卿にも勿論、セックスの経験はあった。相手は女性だったし、警護課に配属されてからは仕事に集中していたため、ここ数年はそうした行為をしていなかったこともあって、いざベッドを前に向かい合ってみると、どうしてことを進めようかと迷って暫《しば》し立ち尽くした。

「脱がせようか」

小野島もまた戸惑っているらしく、どこか緊張した口調で卿に問いかけてくる。

「いい。女性じゃないし」

卿が答えると小野島は、

「じゃあ、それぞれ脱ぐか」

と笑いかけてきたが、緊張からかその笑顔は引き攣《つ》っていた。

「ああ」

頷き、卿は上着を脱ぐとシャツのボタンを外し始めた。小野島もまたネクタイを外し始める。

二人とも、服を脱ぐ間、ずっと無言だった。あとは靴下とボクサーパンツを残すのみとなったとき、卿は視線を感じ顔を上げて小野島を見た。

「あ……」

既に全裸になっていた小野島の、逞《たくま》しい雄が勃《た》ちかけていることに気づいた卿の口から、思わず声が漏れる。

それを聞いて照れたのか、小野島は少しむっとしたような顔になると、早く脱げ、というように顎をしゃくり、じっと卿を見つめてきた。

今度は卿が照れ、脱ぎづらさを感じたが、そうもしていられないとすぐに心を決めると、まず靴下を、続いて下着を脱ぎ捨てた。

二人して全裸になって向かい合う。

「来いよ」

小野島が卿の腕を摑み、ベッドに導く。促されるがままに仰向けに横たわる。覆い被さってきた小野島の背を抱き締めようとした卿だったが、今更ながら部屋の明かりがついたままであることに気づいた。

「明かりを……」

消さないか、と言おうとした卿に先回りをし、小野島が首を横に振る。

「お前の顔を見ていたい」

「……悪趣味だ」

悪態をつきつつも、自身が昂《たか》まっていることを自覚せざるを得なかった。

「わかってる」

苦笑しながら小野島が唇を塞いでくる。

「ん……」

目を閉じ、くちづけを受け止めた卿の唇から、我ながら甘いとしかいいようのない吐息が漏れた。

小野島の手が卿の胸を這《は》う。乳首を掌で擦り上げられ、卿は堪らず身を捩《よじ》った。

自身の胸に性感帯があることに戸惑いを覚える。男なのに、と思うがゆえのそんな戸惑いはすぐ、快楽の波に飲まれていった。

「ん……っ……んん……っ」

小野島の唇が卿の唇を外れ、首筋から胸へと辿《たど》り着く。乳首を強く吸われる刺激に、堪えきれない声が漏れ、卿の羞恥を煽った。

舌先で転がされ、時に軽く歯を立てられる。もう片方を指先でこねくり回すようにして弄《いじ》られるうちに、卿の息はすっかり上がり、熱した肌には汗が滲み始めた。

「や……っ……あっ……あ……っ」

堪えようとしても、次々と喘《あえ》ぎは込み上げてきて飲み込むことができなくなる。鼓動は高鳴り、息は乱れ、まるで熱に浮かされているような、そんな錯覚が卿を襲った。

「もう……っ……あ……っ……」

飽きることを知らないように、小野島の、卿の胸への愛撫《あいぶ》が続く。胸しか弄られていないというのに、今や卿の雄はすっかり勃ち上がり、先端から先走りの液を零《こぼ》し始めた。

それに気づいたらしい小野島の手が、卿の胸から下肢へと向かう。雄を握り込まれたとき、卿の雄はどくん、と大きく脈打ち、今にも達してしまいそうだと卿は思わずぎゅっと目を閉じた。

その間に身体を移動させていた小野島が、卿の下半身へと顔を埋め、握った雄を今度は口に咥《くわ》える。

「やぁ……っ」

熱い口内を感じた瞬間、卿は本当に達してしまいそうになり、背中を大きく仰《の》け反《ぞ》らせながら射精を堪えた。

そのせいで腰が少し浮いたところに、小野島の手が差し入れられる。尻《しり》を掴まれると同時に、指先が蕾《つぼみ》に触れ、卿は自身の身体が強張《こわば》るのを感じた。

意識はしていなかったが、身体はレベルト大臣に犯されたときの痛みを覚えているらしい。

小野島がはっとしたように顔を上げ、卿を口から離すと身体を起こそうとした。

「……大丈夫……だから」

そんな彼に向かい、卿は両手を伸ばしていた。

「…………」

小野島が少し驚いた表情となったあとに、痛ましそうな目で卿を見下ろす。

「……大丈夫」

まるで自分に言い聞かせているような口調になってしまったことに、卿は思わず唇を噛んだ。これでは小野島により気を遣わせてしまう。無理をしているわけではない。それをわかってほしくて卿は、小野島をじっと見上げた。小野島もまた真っ直ぐ、卿を見下ろしてくる。

「……繋がりたい……繋がりたいんだ」

以前、病室での行為で小野島は、卿をいかせるのみで彼自身の欲望を昇華させることはなかった。おそらく、自分の身体と心の傷を労《いたわ》ってくれたからだろう。でも今は身体の傷も癒え、本心から小野島を求めている。それをわかってほしい。尚も卿が見つめていると、小野島は迷う素振りをしながらも、掠れた声でこう問いかけてきてくれたのだった。

「……無理、してないか?」

「してない」

思わず即答した卿を見て、小野島がふっと笑った。笑顔に見惚《みと》れたものの卿は、笑みの理由が自分があまりに行為を促すことに必死であるからか、と気づき、途端に恥ずかしくなった。

それで目を逸らした卿だったが、小野島が両脚を抱え上げてきたため、再び目を上げ彼を見た。

「本当言うと俺も、お前と一つになりたかった」

照れたように笑われ、胸が詰まる。

「……うん……」

思いが同じということが、泣けるほどに嬉しいその理由を既に、卿は察していた。

好きだから。だからこそ、お互い一つになりたいのだ、と小野島を見上げる。

「いくぞ」

小野島はそう告げたあと、卿の片脚を離し、自身の指を口に含んだ。ゆっくりとしたその仕草はやたらとセクシーで、卿は思わずごくりと唾を飲み込んでしまった。

身体が再び火照ってきたことを自覚していた彼の後ろに、小野島の指が挿入される。

「……っ」

やはり今回も、身体は強張ってしまった。が、卿は意識して、ふう、と大きく息を吐き、力を抜こうとした。

大丈夫。頷いた卿に頷き返してくれた小野島が、卿の中に挿れた指をゆっくりと動かし始める。

「……ん……」

正直、最初は違和感しかなかった。が、小野島の指が入口近くのコリッとした部分を圧《お》したとき、ぞわ、という感覚が下肢から這い上ってきたあとには、『違和感』は別の顔を持ち始めた。

なんだろう。この感覚は。不快では決してない。強いていえば——もどかしい、かな、と気づいたときには、卿の息は乱れ、身体は内側からじんわりと熱を孕《はら》んできてしまっていた。

「ん……っ……んふ……っ……」

嚙みしめた唇から漏れる声は快感を物語るもの以外の何ものでもなく、後ろで感じているという事実を卿はしっかり自覚していた。

小野島にもそれは伝わったらしく、安堵の息を吐きつつ、卿の後ろを弄り続けている。もう大丈夫そうだ。目でそう告げると小野島もまた待ち侘びていたようで、明るく笑ったあとに卿の後ろから指を引き抜いた。

「……ぁ……っ」

いつの間にか数本挿入されていた小野島の指が去るのを惜しみ、卿の後ろが激しく収縮する。そのような体験をしたことがなかったがゆえ、卿は戸惑いを覚えたが、小野島が逞しい雄の先端を後ろに押し当ててきたときにはもう、その戸惑いは期待に変じていた。

小野島が何かを言いかけたものの、すぐに唇を引き結ぶと、ゆっくりとした動作で雄の先端を卿のそこへとねじ込んできた。

指とは比べものにならない質感に、卿の身体は今回も強張ってしまった。が、卿はまた意識して息を大きく吐き出し、強張りを解こうという努力を見せた。

「……つらかったら言ってくれ」

そう告げる小野島の声が切羽詰まっていることが、卿の欲情を煽った。求められていると思うと嬉しくてたまらなかった。

「ああ」

頷く自分の声もまた、欲情に掠れていることが伝わるといい。微笑む卿に小野島もまた微笑み返すと、卿の両脚を抱え直してからゆっくりと腰を進めてきた。

「…………」

相変わらず違和感はある。だが、違和感を与えているのが小野島の雄だと思うと卿の胸は幸福感で満ち溢れた。

ゆっくり、ゆっくりと小野島が腰を進める。自分の身体に負担をかけまいとしてくれているのだろうとわかるだけに、卿もまたその思いに応えようと、はあ、と息を吐き出し尚も身体から力を抜こうと試みた。

やがて二人の下肢がぴたりと重なる。

「……あぁ……」

一つになれた。その喜びから卿は思わず感嘆の声を漏らしてしまった。

「動くよ」

小野島がそう告げ、卿に笑いかける。

「うん」

卿が頷くと小野島は、ゆっくりと腰の律動を開始した。

「ん……っ……んん……っ」

逞しい雄が抜き差しされるたび、内壁と擦れて摩擦熱が生まれ、その熱が全身に広がっていく。すぐに吐く息すら火傷《やけど》しそうなほど熱くなっていた卿の雄は、一旦萎えかけたものの今にも達しそうなほどに昂まってきてしまっていた。

「あっ……あぁ……っ……あっあっあっ」

いつしか閉じてしまっていた瞼の裏で、極彩色《ごくさいしき》の花火が何発も上がり、やがて頭の中が真っ白になっていく。

　セックスで快感を覚えたことは勿論、卿にもある。だが今、自分が得ている快感は、今までの人生で体感したことのない種のものだった。

　それは多分、アナルセックスが未体験だったから、という理由ではなさそうだった。愛《いと》しく思う相手と手探りで快感を極めていくということをしたことがないからではないか、というのが卿の思いだった。

　今まで卿が付き合ってきた女性は、相手からのアプローチを受け入れたというパターンが多かった。決して嫌いだったわけではない。だが『愛しい』とまで思えていたかとなると、疑問符が生じてしまう。

　小野島に関しては、その疑問を覚えることはなかった。強烈に惹かれるものを感じた。もしかしたら、これが『恋』というものなのかもしれない。そこまで思える相手と出会えただけでなく、こうして抱き合えることの喜びを、今、卿はひしひしと感じていた。

「あぁ……っ……もう……っ……もう……っ」

　喘ぎすぎて苦しさすら覚え始めた卿の雄を、小野島が握り込む。

「一緒に行こう」

　息を乱しながらそう告げた彼が、一気にそれを扱《しご》きあげた。

「あぁっ」

昂まりまくったところへの直接的な刺激には堪えられるはずもなく、卿はすぐに達し、白濁した液を小野島の手の中に飛ばしていた。

「……く……っ」

小野島が卿の上で伸び上がるような姿勢になる。言葉どおり、彼もまたほぼ同時に達したのだとしたら嬉しい、と卿は目を開き、小野島を見上げた。小野島もまた、はあはあと息を乱しながら、卿を真っ直ぐに見下ろしてくる。

好きだ——。

卿の胸には今、その思いが満ち溢れ、言葉となって零れ落ちそうになっていた。だが、息づかいが荒いせいで発せないでいたその思いを、小野島が代わりに告げてくれる。

「好きだ……卿。もう離したくない。いや、離さない」

「僕も……離さないから」

思いは同じということが、なぜにこうも嬉しいのか。理由は勿論わかっている。それゆえ卿は微笑むと、同じように微笑みかけてくれた小野島の背を、しっかりと抱き締め返したのだった。

二週間の謹慎期間を終え、卿は職場に復帰した。

ちょうどタイミングを同じくし、レベルト大臣がR国に戻ったあと大臣の職を解かれ、牢獄《ろうごく》に繋がれているという報告が警護課に届いた。

「極刑は免れないそうですよ」

情報網を駆使し、R国内での処分の内容まで突き止めてきた木下の説明に、卿は「当然だな」と告げたのみで、他にコメントはしなかった。木下もまた気を遣い、それ以上、話題を振ることはなかったものの、彼が卿を見つめるときに痛ましげな顔をすることには少々、いたたまれない気持ちを抱いた。

彼だけでなく、上司や同僚ほとんどが、卿を腫れ物に触れるかのように扱った。それだけ広く、自分の身に受けた仕打ちが知られているのかと察した卿は少々落ち込んだものの、心の支えとなる恋人を得た今となっては、外野で何を言われていようがそう気になることはなかった。

復帰後、卿は今まで同様、警護の任務にあたっており、相変わらず高い評価も得ていたが、自身の中で仕事に対する姿勢の変化を感じていた。

それまで彼にとって目標とするＳＰは父だった。が、今や卿ははっきりと、父を越えたいという希望を抱いていた。

越える、というより、独自の『目標』を掲げたい。優秀であるという、今の評価に甘んじることなく、更なる高みを目指したい。そのための努力は惜しまない、と日々、鍛錬に励む卿の横には、同じように偉大な父を持ち、それを乗り越えようとしている愛しい恋人、小野島がいる。

互いに忙しく、なかなか休日が合わないこともあり、今、卿は自宅を出て小野島のアパートで暮らしていた。１ＤＫと手狭であるため、近々二人で暮らす住居を探している最中である。

少しでも一緒にいたい、と願う気持ちが共通していた、その結果の同居なのだが、家事一切できない卿に呆れながらも、実は料理上手という意外な一面を持つ小野島は、一から仕込んでやる、と優しい眼差《まなざ》しを向けてくれている。

そんな彼に卿は、どうしたら父を越えられるのかと相談したことがあった。

「意識しているうちは、越えたことにならないんじゃないかと思うぞ」

自身もまだ、『越えた』とは思っていない、と小野島はそう言い、越える越えないというのは自分で判断することではなく、この先職務をまっとうした結果、他者が判断することだろう、という意見を述べ、なるほど、と卿は彼の言葉に納得した。

「あがこうぜ。一緒に」

小野島がそう告げ、卿に手を差し伸べてくる。

結果として、小野島も自分も、偉大すぎる父を越えることができるか否かはわからない。それでも彼の手を取り、あがき続けたい、と願う卿の胸には、警察官としての高い志と共に、志を同じくする小野島への深い愛情が溢れていた。

あとがき

はじめまして&こんにちは。愁堂《しゅうどう》れなです。

この度は三十四冊目のキャラ文庫となりました『美しき標的』をお手に取ってくださり、本当にどうもありがとうございます。

SPと刑事に、金髪碧眼《へきがん》の美形大臣が絡む、二時間サスペンスチックなお話となりました。スリリングな展開を目指して頑張ったのですが、いかがでしたでしょうか。皆様に少しでも楽しんでいただけましたら、これほど嬉《うれ》しいことはありません。

イラストをご担当くださいました小山田《おやまだ》あみ先生、素敵すぎる三人を本当にありがとうございました！

ワイルドでかっこいい小野島《おのじま》、綺麗《きれい》で凛々《りり》しい卿《けい》は勿論《もちろん》、悪役？　のはずのレベルト大臣もめちゃめちゃ素敵で！　超眼福‼　と大興奮でした。

お忙しい中、本当に素晴らしいイラストをありがとうございました。

また、今回、タイトルもつけてくださった担当様をはじめ、本書発行に携わってくださいましたすべての皆様に、この場をお借り致しまして心より御礼申し上げます。

何よりこの本をお手に取ってくださいました皆様に、御礼申し上げます。

前作が（自称）センシティブなお話でしたので、今回はいつもどおり、スリルとサスペンスを求めてみました。

親離れできてないことを自覚していない主人公、というのは自分でいうのはなんですが、書いていてとても新鮮でした。拙作の中にはいないタイプな気がします。そうでもないでしょうか（笑）。

それだけに今回、とても新鮮な気持ちで書かせていただきましたので、皆様にも楽しんでいただけているといいなとお祈りしています。よろしかったらお読みになられたご感想をお聞かせくださいませ。心よりお待ちしています！

次のキャラ文庫様でのお仕事は、来年文庫を発行していただける予定です。今度はどんなお話にしようか楽しく悩みたいと思います。よろしかったらそちらもどうぞお手にとってみてくださいね。

また皆様にお目にかかれますことを、切にお祈りしています。

愁堂れな

平成二十七年十月吉日

（公式サイト『シャインズ』http://www.r-shuhdoh.com/）

この本を読んでのご意見、ご感想を編集部までお寄せください。

《あて先》〒105－8055　東京都港区芝大門2－2－1　徳間書店　キャラ編集部気付

「美しき標的」係

■初出一覧
美しき標的……書き下ろし

2015年11月30日　初刷

著　者　愁堂れな
発行者　川田 修
発行所　株式会社徳間書店
〒105-8055　東京都港区芝大門2-2-1
電話　048-451-5960（販売部）
　　　03-5403-4348（編集部）
振替　00140-0-44392

Chara
美しき標的……【キャラ文庫】

印刷・製本　株式会社廣済堂
カバー・口絵
デザイン　百足屋ユウコ＋しおざわりな（ムシカゴグラフィクス）

ISBN978-4-19-900820-7

愁堂れなの本

好評発売中

[あの頃、僕らは三人でいた]

イラスト✦yoco

どうして居眠りする僕にキスなんてしたんだろう――？　高校時代からの親友・希実《のぞみ》に、ある日突然キスされた大学生の春《しゅん》。希実は美貌でクール、友人は選び放題なのに、なぜか春としか付き合わない。優越感と息苦しさの狭間で揺れていた時、英国からの留学生・ギルバートが春にアプローチしてきて⁉　たった一つのキスが、青春の終わりの引き金だった――友情を失い恋を得る、切ない三人の運命‼

愁堂れなの本

愁堂れな
イラスト◆麻々原絵里依
ハニートラップ
「僕を抱くなら――心を読むよ?」
「構わない。心でも好きって伝えてやる」
キャラ文庫

好評発売中

［ハニートラップ］

イラスト✦麻々原絵里依

体液を吸収すると、その人物の過去が見える精神感応者《テレパス》――。警視庁捜査一課特殊捜査係に所属する井上路加《いのうえるか》。彼の任務は容疑者を誘惑し、特殊能力を使って心を読むこと!! そんなある日、井上のボディガードに抜擢された一美《ひとみ》。捜査内容を明かせないせいで同僚の反感を買う井上を歯痒く思うけれど、井上は意に介さない。犯罪者に身体を投げ出す姿に、一美は次第に苛立ちと憤りを感じ始めて…!?

愁堂れなの本

好評発売中

［吸血鬼はあいにくの不在］

イラスト✦雪路凹子

吸血鬼はあいにくの不在
Reya Shuhdoh Presents
愁堂れな
イラスト◆雪路凹子
「好きでもない人間の血など
頼まれたって飲みたくないね」
キャラ文庫

「どんな依頼でも受けよう。報酬は君の甘美なる血だ」。警視庁の若手刑事・栗栖《くりす》は、とある事件の捜査で探偵事務所を訪れる。出迎えたのは、漆黒の長い髪に赤い唇の美しい探偵・ヴィットリオ。なりゆきで共に軽井沢の資産家・一ツ木《ひとつぎ》家に赴くことになるけれど、そこで子息たちが次々に惨殺!!　首筋には謎の噛み痕が…！　なぜか夜しか姿を見せず、魅惑的な微笑を浮かべる探偵を疑う栗栖だけど!?

愁堂れなの本

好評発売中

「月夜の晩には気をつけろ」

イラスト✦兼守美行

昼は寂れた喫茶店の店員、でも夜は世間を騒がす正義の義賊!?　とある事情から、暴力団や政治家の黒い金を狙う義賊として活動する海《かい》。そんな時に出会った熱血漢の刑事・拓真《たくま》は、屈託のない笑顔で頻繁に海が働く店を訪ねてくる。ところが盗みの現場で姿を見られてしまった!?　闇夜の中でまさか——翌日、拓真は一変して刑事の顔で、疑いの眼差しを向けてきて!?　刑事と獲物のスリリングラブ♥